첫날밤
이야기

이 도서의 국립중앙도서관 출판사도서목록(CIP)은 e-CIP홈페이지(http://www.nl.go.kr/ecip)에서
이용하실 수 있습니다.

첫날밤 이야기

2013년 6월 12일 초판 1쇄 펴냄
2020년 6월 15일 초판 5쇄 펴냄

지은이 | 박정애
펴낸이 | 김준연
펴낸곳 | 도서출판 단비
편　집 | 신수진
등　록 | 2003년 3월 24일(제2012-000149호)
주　소 | 경기도 고양시 일산서구 일중로 30 505동 404호(일산동, 산들마을)
전　화 | 02-322-0268
팩　스 | 02-322-0271
전자우편 | rainwelcome@hanmail.net

ISBN 979-11-85099-11-8 04810
978-89-967987-4-3 (세트)
값 10,000원

첫날밤 이야기

박정애 소설

단비
danbi

차례

정오의 희망곡 · 7

—

첫날밤 이야기 · 29

—

살 자격 · 53

—

젖과 독 · 83

—

아주 오래된 하루 · 115

—

파란 나팔꽃 · 143

작가의 말 · 170

아빠가 저한테요, 너는 성적이 개판이니까 앞으로는 개 취급을 하겠다,
말 안 들으면 무조건 개처럼 패고 엉터리로 공부하면 개처럼 패겠다, 알겠니?
그래서, 제가, 아빠가 무서우니까, 예, 했거든요.
근데 저보고 개가 무슨 예, 라고 하느냐면서 개처럼 짖으래요.

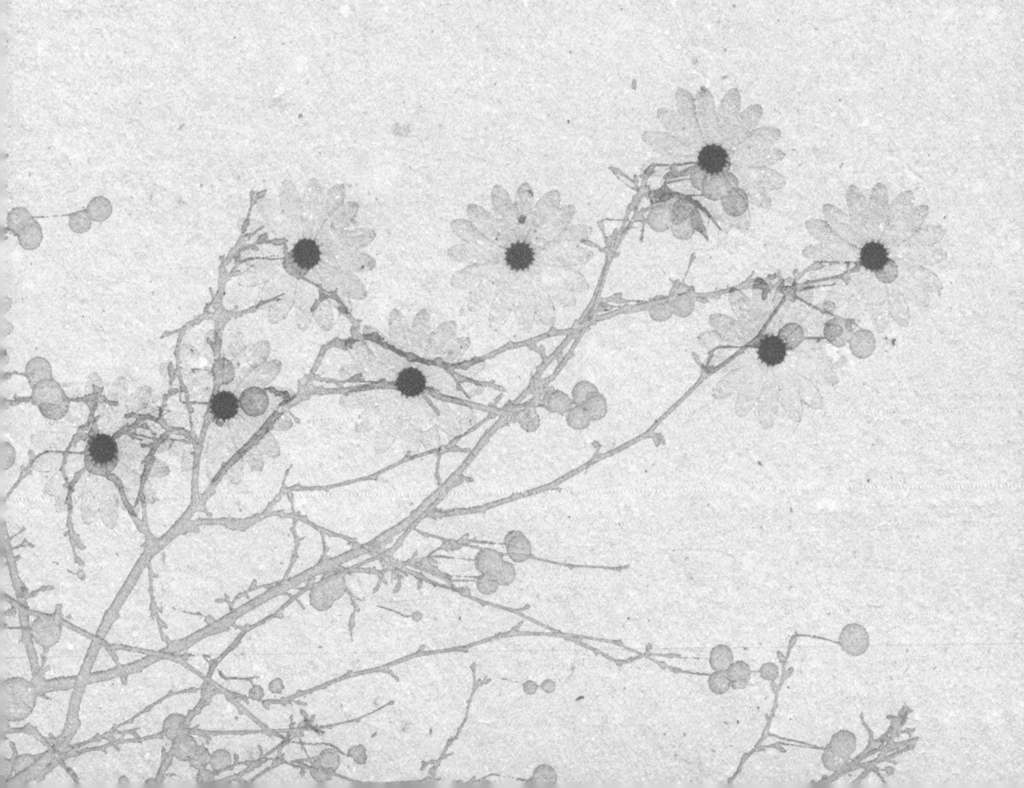

20△△년 4월 어느 일요일

안녕하세요, 안녕하세요!

FM 정오의 희망곡, 애청자 여러분의 귀염둥이—크크, 죄송합니다. 말하고 나니 제가 더 우습군요—여러분의 뮤직 스토커, 힘차게 인사 올립니다.

비 내리는 일요일 정오입니다. 이런 날은요, 뜨뜻한 아랫목에 배 깔고 누워 김치부침개를 찢어 먹는 게 제맛이죠. 저는 개인적으로 오징어와 홍합 많이 넣은 김치전이라면 아주 환장을 합니다. 그리고 재미난 만화책 있지 않습니까? 한 스무 권쯤 되는 거요. 그런 거 쌓아 놓고, 드러누웠다가, 이불 더미에 기댔다가, 하여튼 자세 이리저리 바꿔 가며 읽고 있으면, 야아, 정말 세상 부러울 게 없지요.

애청자 여러분은 이 한가로운 일요일 정오, 어떻게 보내고들 계시는지요?

자, 애청자 여러분의 사연 담은 글과 문자메시지, 많이 들어와 있네요. 먼저, 홍홍 님이 보내 주신 사연입니다.

뮤스 오빠, 안녕하세요?

평소에는 학교 가야 돼서 오빠 방송 못 듣구요, 집에서도 공부 때문에 텔레비전이나 라디오 같은 건 절대 금지거든요. 근데 일요일만은 꼭 챙겨 들어요. 학원 근처에 제가 점심 먹는 샌드위치 가게가 있는데 거기 주인 언니가 뮤스 오빠 광팬이라서요. 첨에는 그냥 들었는데 이제는 저도 광팬 되었답니다.

오빠 목소리 되게 편안하고 멋져요. 세상에서 젤루 멋져요. —크크, 고맙습니다.

저는 세상 살기가 싫은 중학생인데요. 일요일 맛있는 샌드위치 먹으면서 뮤스 오빠 진행하는 정오의 희망곡 듣는 게 유일한 낙이랍니다.

아, 주인 언니가 뮤스 오빠 말 듣고는 홍합 넣고 김치전 부쳐 준다네요? 아싸. 뮤스 오빠 방송국 가까우면 놀러 오세요. 시청 오거리 응응—죄송합니다. 방송에서 가게 상호를 직접 언급하면 문제가 생길 수도 있어서—학원 바로 옆에 있는, 응응 샌드위치 가게예요.

주인 언니가요, 김현식의 〈비처럼 음악처럼〉 듣고 싶대요. 꼭 틀어 주셔야 돼요.

홍홍 님. 거기 주인 언니 결혼하셨어요, 안 하셨어요? 예뻐요? 하하.

날이면 날마다 내 님은 누구일까 궁금해하고 밤이면 밤마다 외로움에 잠 못 이루는 본 뮤직 스토커, 왠지 꼭 한번 가 봐야 할 것 같습니다. 응응 학원 옆에 있는 응응 샌드위치 가게라고 하셨나요? 알겠습니다.

그런데 홍홍 님은 왜 세상 살기가 싫으실까? 중학생이면 그야말로 말똥 굴러가는 것만 봐도 까르르 까르르 웃을 나이 아닌가요? 세상이 전부 분홍빛으로 보이구요. 저 뮤직 스토커는 이제 꺾어진 칠십이다 보니—아이고, 어르신들 죄송합니다요—다시는 돌아오지 않을 이팔청춘 시절이 어찌나 그리운지요. 나, 돌아갈래애애애애애애애. 하하하.

〈비처럼 음악처럼〉. 안 그래도 비 오는 날이면 이 곡을 틀어 달라는 신청이 많이 들어오는데요. 본 뮤직 스토커, 여러분의 귀염둥이 뮤스, 어찌 감히 홍홍 님과 샌드위치 가게 사장님의 기대를 저버릴 수 있겠습니까?

김현식의 〈비처럼 음악처럼〉입니다.

난 오늘도 이 비를 맞으며 하루를 그냥 보내요.
아름다운 음악 같은 우리의 사랑의 이야기들은
흐르는 비처럼 너무 아프기 때문이죠.

(…) 그렇게 아픈 비가 왔어요.

야아, 언제 들어도 마음을 적시는 좋은 노래지만, 비 오는 날 들으면 더욱 좋은 노래입니다.

20△△년 5월 어느 일요일

안녕하세요, 안녕하세요!

아름다운, 너무나 아름다운, 아름다워서 오히려 한숨이 나오는 날씨입니다. 제가 조금 전까지 저희 방송국 옆 해수욕장에 있다 왔거든요. 바다가 하늘보다 더 파랗고 잔잔하더라고요. 바람은 아기 숨결 같고 모래사장은 따스하고 해송은 그지없이 싱그럽고……. 이런 날, 애인도 없는 노총각, 본 뮤직 스토커, 그저 한숨만 푹푹 쉽니다.

아이고, 힘내야지요. 본 뮤직 스토커, 희망을 잃지 않았습니다. 이 세상 어딘가에 제 운명의 상대가 오늘도 저를 찾느라 두리번거릴 거라는 희망, 그 희망을 잃지 않았습니다. 하하하. 정오의 희망곡이 달리 정오의 희망곡이겠습니까? 애청자 여러분께 희망의 기운을 불어넣는, FM 정오의 희망곡, 애청자 여러분의 귀염둥이—크크, 이제는 아예 입에 붙어서 부끄럽지도 않습니다—여러분의 영원한 뮤직 스토커, 5월의 장미처럼 아름다운 음악으로 오후 시간 함께하겠습니다.

여러분께 맨 처음 소개 드리고 싶은 사연은요, 홍홍 님이 보내 주셨습니다.

참, 읽기 전에, 홍홍 님, 사장님한테서 뮤스가 응응 샌드위치 먹으러 왔었다는 소식, 들으셨어요? 저는 몰래 갔다 오려고 했는데요, 아니 사장님이, 치킨 샌드위치 하나하고 키위 주스 한 잔 주십시오, 하는 제 목소리만 듣고도 대번에 뮤스란 걸 알아 버리시더라구요. 참, 이 유명세를 어쩌면 좋습니까? 하하. 그나저나 응응 학원 옆에 있는 응응 샌드위치 가게, 번창하기를 빕니다. 사장님이 공짜로 주신 샌드위치, 공짜라 그런가요, 워낙 그런가요, 세상에 그렇게 맛있는 샌드위치는 제 머리털 나고 처음 먹어 봤습니다.

그럼, 홍홍 님의 사연, 읽겠습니다.

뮤스 오빠, 가게 오셨다면서요? 들었어요. 사장님이 저한테 문자 넣으셨더라구요. 오빠 왔다 갔다구. 생각보다는 덜 생겼는데—아니, 이건 또 무슨 말씀입니까? 사장님, 홍홍 님, 제가 이래 봬도 우리 방송국 최고의 훈남이라구욧! 대한민국 외모주의, 이거 참 문제입니다, 문제! 그럼 저는 뭐 안 놀란 줄 아세요? 홍홍 님이 주인 언니라기에 결혼 안 한 언니인 줄 알고 잔뜩 기대하고 갔더니만, 세상에, 키가 저만큼 큰 아이가 있는 아주머니이시데요? 흑흑흑—늘 웃는 인상이 참

좋더라고 하세요. —사실 이 얼굴에 표정마저 흉악하면 사람들이 제 곁에 오기나 하겠습니까?

저도 늘 웃고 살았으면 좋겠는데, 어떻게 된 게 늘 찡그리고 살아요.

공부, 공부, 공부가 도대체 뭐예요? 울 아빠는 공부 못하면 사람 취급을 못 받는다고, 그렇게만 알라고 하세요.

아빠는 시골에서 팔남매 중 다섯째로 태어나셨대요. 밥도 못 먹는 집에서 무슨 공부냐고, 할아버지께서 장남만 공부시키고 그 밑으로는 아예 돈을 안 주셨대요. 스스로 돈 벌어서 너무너무 힘들게 야간 대학까지 졸업하신 아빠는, 뒷바라지도 못하면서 자식 많이 낳는 거 싫다고, 엄마가 저를 낳자마자 엄마랑 의논도 않고 아빠 혼자서 더 이상 아이가 안 생기는 수술을 해 버렸대요.

그러고는 저한테 아빠가 받고 싶었던 뒷바라지를 다 해 주세요. 우리 집 별로 부자 아닌데도 저는 보통 유치원보다 몇 배 비싼 영어 유치원 다녔구요, 피아노, 발레, 바둑, 태권도, 검도, 논술, 웅변……. 안 다녀 본 학원이 없어요.

아빠는 제가 어릴 때부터 퇴근하자마자 저를 붙들어 앉히고 공부를 가르치셨어요. 엄마는 퇴근하면 집안일을 하시고 아빠는 제 공부를 가르치시는 게 우리 집 풍경이에요. 시험 때는 완전 초비상이죠 뭐. 엄마는 아빠 신경 거슬릴까 봐 청소기 같은 것도 못 돌리시고 조용히 연필 깎아 주시고 연습장 사다 주시고 그래요. 어쨌든 초등학교 때는 아빠 덕분에 성적이 되게 좋았어요. 평균 98점이거나 99점, 못해도 95점 이상은 맞았어요.

그런데 중학교 공부는 좀 어렵잖아요? 아빠도 잘 모르는 문제가 많으니까 저를 학원에 보내시더라구요. 주중에는 종합반 다니고, 주말에는 영수 단과 다녀요. 아빠는 밤 열 시부터 세 시간 동안 저 붙들고 문제집 풀리고 수행평가 숙제 같은 거 해 주시구요.

저는 진짜 노는 시간이 없어요. 만날 학원 다니고 학원 끝나면 총알같이 집에 와야 되고 학교 쉬는 시간에는 밀린 잠 보충하느라 자야 되구요. 그래서 친한 친구가 하나도 없어요.

어제 학교에서 어떤 아이가 저보고 그러더라구요. 학기 초에는 너랑 친해지고 싶었는데, 얼굴을 늘 찡그리고 있어서 접근하기 힘들었다고.

뮤스 오빠, 그래도 오빠 덕분에 일요일 점심때만이라도 웃게 되네요. 고맙습니다.

이런, 이런. 홍홍 님한테 이런 사연이 있었군요.

제가 보기에는 아버님이 사회 생활 하시면서 학벌 스트레스를 많이 받으시는 것 같아요. 뒷바라지 안 해 주신 부모님을 원망하는 마음도 있으신 거 같고. 문제는 그 스트레스를 하나밖에 없는 귀한 따님한테 공부 스트레스 주는 것으로 푼다는 것이겠죠? 그런데 이런

분들, 어디에나 있어요. 방송국에도 있어요. 본인의 스트레스를, 만만한 아랫사람한테 전가하는 거죠. 글쎄, 제가 워낙, 저, 이런 쪽으로는 문외한이라……. 죄송합니다. 이 방송 끝나고 불려 가서 혼나는 거 아닌가 모르겠습니다.

어쨌든, 본 뮤직 스토커, 아리따운 청춘을 누리지 못하고 성적 스트레스에 짓눌려 고통스러워하는 대한민국 청소년들을 생각하니 이 가슴이, 가슴이 찢어질 것 같습니다.

청소년 여러분, 좌우당간 힘내세요. 아자! 아자! 여러분에게는 길어 내도, 길어 내도, 마르지 않는 샘물 같은 청춘이 있지 않습니까?

노래 신청은 안 해 주셨는데, 우리 홍홍 님이 들으면 힘나는 노래, 뭐 없을까요? 아, 제가 좋아하는 슈퍼주니어의 노래 〈차근차근〉 틀어 드리겠습니다. 오오, 지치지 마요, 힘을 내어요오오오오.

오, 오, 지치지 마요. 힘을 내어요.

오, 조금만 더 오면 나를 느낄 수 있죠.

날 안아 줘요.

깊은 맘으로 가슴 가득히 나를 사랑해 주세요.

(…) 너무도 힘이 들 때면 두 눈 꼭 감고 달려와요.

20△△년 6월 어느 일요일

안녕하세요, 안녕하세요!

FM 정오의 희망곡, 애청자 여러분의 영원한 귀염둥이, 나날이 주름살은 늘어나지만 그래도 영원히 귀염둥이로 남아 있으려 발버둥치는, 뮤직 스토커, 인사 올립니다.

오랜만에 반가운 사연 들어왔네요. 애청자 여러분도 기억하실 겁니다. 지난번 사연 들으시고 게시판에 따뜻한 위로와 격려의 글, 많이들 올려 주셨잖아요? 홍홍 님입니다.

뮤스 오빠, 안녕하세요?

오빠 목소리 듣고 있는데도 기운이 나지 않네요. —이런, 저도 기운이 쏙 빠지네요.

집에 들어가기 세 시간 전이에요.

집이 너무 싫고 무서워요. 아빠가 회사 안 나가고 집에만 계시니까 더 싫어졌어요.

아빠는 영어를 못하고 학벌이 없어서 조기 퇴직 당한 거라고 하세요. 울 엄마는 고등학교밖에 안 나왔는데도 안 잘리는데, 그건 엄마가 운 좋게 공무원이 되었기 때문이고 공무원이란 직업은 철밥통이기 때문이래요. 그럼 나도 고등학교 졸업하고 공무원 되겠다고 했더니,

요새는 경쟁이 하도 치열해서 공무원 되는 게 낙타가 바늘 구멍 뚫는 격이라나요? 서울도 아니고 촌 동네에서 겨우겨우 상위권 유지하는 제 성적으로는 엄마처럼 우아한 공무원은커녕 환경미화원도 하기 어렵고 갈빗집에서 설거지하는 일이나 얻을 수 있을 거래요. 그래서 갈빗집에서 설거지하면 갈비는 많이 먹을 거 아니냐고 말했다가, 세상 물정 모르고 철없는 소리 한다고 야단만 실컷 맞았어요.

집에 들어가기 두 시간 오십오 분 전이네요.

차라리 학원 수업이 늦게 끝났으면 좋겠어요. 아빠랑 공부하는 거 지겨워 죽겠어요. 지옥 같아요.

아빠는 내가 방금 가르쳐 준 것도 돌아서면 까먹는다고 까마귀 고기를 먹었대요. 책을 읽거나 문제를 푸는 척만 하고 머릿속으로는 만날 딴생각한다고 대가리—**이크, 방송에서 이런 말 쓰면 안 되는데, 죄송합니다**—머리에 똥이 잔뜩 들었대요. 밥 먹는 거나 옷 입는 거나 모든 행동이 빠릿빠릿하지 못하다고 굼벵이래요. 그러면서 만날 만날 소리 지르고 화내요.

당연히 엄마하고도 사이가 안 좋죠.

어제 아빠가 담배 사러 나가고 없을 때, 엄마가 부엌에서 생선을 손질하시다가는 저를 부르셨어요. 아빠 성격 너무 싫다고, 엄마가 아빠랑 이혼해도 되냐고 물어보시는 거예요. 저는 안 된다고 했어요. 왜냐하면 아빠는 저를 너무 사랑하시거든요. 너무 사랑하니까 절대로 저를 엄마한테 내주지 않을 거라구요. 그럼 저는 엄마도 없이 아빠하고만 살아야 되잖아요? 울 아빠의 사랑은 숨이 탁탁 막히는 사랑이거든요. 엄마라도 있어서 제가 숨을 쉴 수 있는 건데, 엄마도 없는 집에서 아빠하고 단 둘이서 어떻게 살겠어요?

집에 들어가기 두 시간 사십팔 분 전이에요. 머릿속에서 시곗바늘이 재깍거려요.

저는 어쩌면 좋아요?

정말, 우리 홍홍 님, 요즘 너무 힘들겠어요. 옆에 있으면 등이라도 두드려 주고 싶네요. 샌드위치 가게 사장님, 듣고 계시죠? 저 대신 홍홍 님 위로 많이 해 주세요.

사는 게 쉽지 않아요, 다들. 사실은 아버님도 지금 몹시 힘드실 거예요. 상황이 바뀌면 변신을 해야 하는데, 대한민국 남성들이 변신을 잘 못합니다.

저는 생긴 건 산적 같아도 변신을 참 잘하거든요. 제가 만약 홍홍 님의 아버님이라면, 살림의 여왕으로, 아니, 여왕은 못 되는 거군요, 살림의 제왕으로 찬란하게 변신할 텐데……. 그래서 돈 벌어다 주는 아내와 소중한 외동딸을 위해 날마다 맛있는 요리를 해 줄 텐데 말이죠. 홍홍 님이 정 공부에 취미가 없어 보이면 요리를 가르쳐서 부녀가 함께 식당을 열 수도 있을 텐데…….

홍홍 님, 어때요? 본 뮤직 스토커의 딸이 되고 싶으시죠? 저도 얼른얼른 좋은 짝 만나서 홍홍 님 같은 딸 낳고 싶어요, 흑흑.

노래는요, 생선 손질하시는 홍홍 님의 어머니를 떠올리니까 바로 생각나네요. 산울림이 부르는 〈어머니와 고등어〉입니다.

한밤중에 목이 말라 냉장고를 열어 보니
한 귀퉁이에 고등어가 소금에 절여져 있네.
어머니 코고는 소리 조그맣게 들리네.
어머니는 고등어를 구워 주려 하셨나 보다.
소금에 절여 놓고 편안하게 주무시는구나.
나는 내일 아침에는 고등어구일 먹을 수 있네.
어머니는 고등어를 절여 놓고 주무시는구나.
나는 내일 아침에는 고등어구일 먹을 수 있네.
나는 참 바보다. 엄마만 봐도 봐도 좋은걸.

20△△년 7월 어느 일요일

안녕하세요? 안녕하세요?

무더운 여름입니다.

FM 정오의 희망곡, 애청자 여러분의 귀염둥이, 여러분의 영원한 뮤직 스토커, 한여름 소나기처럼 시원한 인사 올립니다.

첫 사연, 홍홍 님입니다. 오늘은 게시판에 사연 올려 주셨네요. 홍홍 님, 뮤스가 은근히 기다린 거 아세요? 문자라도 좀 자주자주 보내 주시지. 홍홍 님, 미워어어어잉.

뮤스 오빠, 안녕하세요?

저는 별로 안녕하지 못해요.

실은 중간고사 성적이 개판이에요. —개판? 듣는 개들이 거시기하겠어욧. 홍홍 님도 그렇고 요즘 청소년들이 말이 좀 거칠어요. 하긴 뭐, 저도 그 나이 때는 일부러 거친 말만 골라 쓰고 그랬답니다. 성장호르몬 탓인가? 하하.

공부를 안 한 것도 아니거든요. 진짜 열심히 했어요. 잠도 다섯 시간밖에 못 잤구요. 그 다섯 시간도 공부 걱정 때문에 푹 자지를 못했어요. 문제지 풀 때는 모르는 게 없었어요. 아빠랑 실제 시험 시간하고 똑같이 맞춰서 모의고사 쳤을 때는 올백이었어요.

근데 막상 시험지 받아 놓고는 머릿속이 하얗게 비는 거 있죠? 식은땀이 막 나고 손이 벌벌 떨려요. 너무너무 쉬운 문제인데도 답을 못 쓰겠는 거예요. 나도 모르게 눈물이 나서 울고 있으니까 선생님이 찬 물수건 해 오셔서 얼굴이랑 손이랑 닦아 주시고, 마음 편하게 먹으라고 위로해 주셨어요. 덕분에 완전 망치지는 않았지만, 개판은 개판이죠 뭐.

아빠는 제 말을 안 믿어 줘요. 그게 다 실력이래요. 공부를 엉터리로 해서 그렇대요. 그러니까 제가 모의고사 답안지를 딸딸 외워서 올백 맞은 거고, 실제 실력은 꽝이었다는 거죠. 책상에 앉아서 공부하는 척하면서 머릿속으로는 쓸데없는 공상에 빠져 있었다는 거죠.

거기까지는 좋다구요. 억울하지만 어떡하겠어요? 아빠도 나 붙들고 가르치고 감시하고 야단치고 하느라 많이 힘들었으니까, 애쓴 만큼 보람이 안 나왔으니까, 나 같은 거 믿어 주고 싶지 않겠죠. 저도 그 정도는 이해한다구요.

하지만 뮤스 오빠, 성적이 개판이라고 사람이 개가 되는 거예요?

아빠는 그렇대요. —그러니까 개판이라는 말은 원래 홍홍 님의 아버님이 먼저 하신 거네요. 홍홍 님, 죄송—아빠가 저한테요, 너는 성적이 개판이니까 앞으로는 개 취급을 하겠다, 말 안 들으면 무조건 개처럼 패고 엉터리로 공부하면 개처럼 패겠다, 알겠니? 그래서, 제가, 아빠가 무서우니까, 예, 했거든요. 근데 저보고 개가 무슨 예, 라고 하느냐면서 개처럼 짖으래요. —아니 왜, 읽는 뮤스가 다 숨이 차고 열이 오르죠? 아버님도 참, 너무하십니다.

그래서 제가 짖었어요. 멍멍.

정말로 개가 된 기분인 거 있죠? 귀염 받는 개도 아니고 복날 가마

솥에 삶기 직전의 개.

이런 저에게도 희망이 있을까요?

패닉의 이적 아저씨가 부르는 〈희망의 마지막 조각〉 듣고 싶어요.

홍홍 님, 이럴 땐 진짜 안타까워서, 제가 어떻게 해야 할지, 무엇을 할 수 있을지……. 우선은 마음을 다잡는 게 중요합니다. 홍홍 님, 인생 길거든요. 인생 곱절 더 오래 살아 본 이 오빠 말을 들으세요. 인생 기이이이이일어요! 지금의 절망이 전부일 것 같지만, 그건 아주 짧고 가느다란, 인생의 잔가지 하나에 불과한 거예요. 홍홍 님, 뮤스 오빠 말 듣죠? 어머님한테 다 말씀드리세요. 그리고 학교와 학원에서 최대한 시간을 보내면서 아버님과 부딪치는 시간을 아예 없애는 게 좋겠어요. 아버님도 지금쯤 후회하실 겁니다. 아버님한테도 시간이 필요할 거예요. 이혼까지는 아니더라두요, 어머님이 좀 강하게 나가시면서 아버님과 홍홍 님이 냉각기를 가지도록 중재하는 일이 필요한 시점이라고, 저, 뮤스는 강력히 주장합니다.

홍홍 님, 뮤스가 홍홍 님 힘내라고 구호 한번 외칩니다. 아자! 아자! 아자!

패닉이 부릅니다, 〈희망의 마지막 조각〉.

해질 무렵 여우비가 오는 날,

식탁 위의 작은 접시엔 메말라 버려 파리가 앉은 희망의 조각
눈 비비고 취한 듯이 다가가 창문 밖에 던지려다가
높은 빌딩 숲 끝에 매달려 이 노랠 불러.
왜 난 여기에, 왜 난 어디에 작은 몸을 기대 쉴 곳 하나 없을까.
꿈은 외롭고 맘은 붐비고 내 핏속엔 무지개가 흐르나 봐
달아나고파 날아가고파 이제 나를 자유롭게 풀어 주고파
내 몸 안아 줄 저 허공의 끝엔 또 하나의 삶이 기다릴 것 같아

아, 가사를 들으니까 또 불안해지네. 홍홍 님, 인생 길거든요. 이제 사오 년만 참으면 성년이잖아요? 그때부터는 내 인생의 모든 결정, 내가 내리면 되는 거예요. 달아날 수도 있고 날아갈 수도 있어요. 하지만 지금은 홍홍 님 마음 가는 대로 결정하지 말고, 어머님한테 결정권을 넘기세요. 한 사람이라도 의지할 대상이 있다는 게 얼마나 다행입니까?

뮤스가 한 십 년 전에 읽은 책에요, 이런 구절이 있었어요. 제대로 기억하는 건지는 모르겠지만……. 땅 위의 길이란 본래 있던 게 아니라 사람들이 자꾸 다니니까 길이 된 거래요. 그것처럼 희망도 본래 있는 것이 아니라 엄청 노력해서 갈고 닦아야 비로소 보이는 거라고……. 홍홍 님, 정오의 희망곡과 함께, 뮤직 스토커와 함께, 희망을 만들어 봐요. 알겠죠?

20△△년 9월 어느 일요일

FM 정오의 희망곡, 마지막 사연입니다.

뮤스 오빠.

다 늙은 아줌씨가 총각한테 오빠, 하려니까 좋기도 하고 쑥스럽기도 하고 그러네요. 저 응응 학원 옆에 있는 응응 샌드위치 가게 주인이에요. —헐, 아주머니, 안녕하세요?

혹시 우리 홍홍에게 무슨 소식 있나 싶어 음악 신청 게시판에 글 올려요. 일요일 점심때마다 꼭 우리 집에 들러서 샌드위치 먹고 정오의 희망곡 들으면서 친구처럼 수다 떨곤 했던 아이가 벌써 몇 달째 안 보이네요. 처음에는 방학이라 집에서 과외라도 하나 보다 생각했는데, 개학했는데도 안 보이고 해서.

가게 일이 바쁠 때는 도와주기도 잘하고, 얼마나 착한 아이였는지 몰라요. 나는 딸이 없어서 그 아이가 더 예뻤나 봐. 우리 아들이 그 정도만 착하고 붙임성 있으면 내가 아주 물고 빨 텐데 말이에요.

부디 그 착한 심성 잃지 말고 어디서든 잘 살아야 할 텐데……. 아이가 너무 힘들어 할 때 헤어지고는 여태 소식을 못 들으니까 궁금하기도 하고 불안하기도 합니다.

홍홍아, 어디서든지 이 방송 듣거든 언니한테 문자 한 통만 날려라, 나 잘 산다고. 알았지?

언니가 좋아하는 노래 틀어 달라고 할게. 함께 듣자.

뮤스 오빠, 비가 부르는 〈나〉, 부탁해요.

그러게 말입니다. 홍홍 님. 뮤직 스토커가 그립지 않으세요? 한 달에 한 번 정도는 문자로든 게시판으로든 사연 보내던 친구였는데, 이제 그거 할 시간도 없이 바빠졌나요?

아마 그럴 거예요. 요즘 청소년들이 어디 보통 바빠야 말이죠.

또 이런 경우도 있더라구요. 부모님이나 친척들이 우연히 차를 타고 가다가 사연을 들은 거예요. 그러면 왜 좋지도 않은 얘기를 동네방네 퍼뜨리느냐면서 다시는 라디오에 사연 같은 거 못 보내게 막는 경우 말입니다.

무슨 까닭으로 본 뮤직 스토커를 버리셨는지는 모릅니다만, 흑흑흑, 홍홍 님, 정말 어디서든지 잘 살고 있기를 바랍니다.

홍홍, 홍홍, 호옹호옹. 아이디가 참 묘해요. 우는 소리 같기도 하고 웃는 소리 같기도 하고…….

홍홍 님, 언제라도 문득 저, 뮤직 스토커가 생각나거들랑 문자 한 통 띄워 주세요. 호옹호옹.

월드스타 비가 부릅니다, 〈나〉.

내가 이루고 싶은 꿈을 향해 걸어갈 때, 끝이 보이지도 않는 길을 향해 걸어갈 때,

주위의 모든 사람들 계속 안 되는 이유들만 내게 말해 대고 계속 겁을 주고 나를 주저앉히려 했지만

나는 믿었어, 날. 나는 알고 있었어, 날. 밟히면 밟힐수록 더욱 강해지는 잡초 같은 날!

비바람이 불어와도 넘어지면 일어나고 결국엔 세상 앞에 환한 꽃을 피우고 마는 날!

20△△년 9월 같은 날, 오프더레코드(off-the-record)

뮤스 오빠, 안녕하세요?

저, 홍홍이에요.

이거 방송은 하지 마시고, 오빠 혼자만 읽어 주세요. 이 프로그램 꼭 챙겨 듣는 친구가 있거든요. 그 친구가 듣고 있단 생각하면, 어쩐지 창피해서요.

친구 하나도 없대 놓고선 웬 친구냐구요? 왜, 접때, 제가 항상 얼굴 찡그리고 다닌다고, 그래서 접근하기 힘들다고 말해 준 아이 얘기, 잠깐 했던 거 기억나세요? 알고 보니, 걔도 뮤스 오빠 광팬이었던

거예요. 그 사연 듣고는 단박에 홍홍이 누구인지 눈치 챘대요. 그리고는 제가 시험 시간에 막 울고 이상한 짓 하다가 시험 망친 얘기가 방송 나오니까 가만있으면 안 되겠다 싶어서, 우리 엄마 근무하는 동사무소에 연락해 가지고 엄마한테 시시콜콜 다 말했나 봐요.

엄마는 아빠랑 저 사이에 그런 일까지 있었던 것은 몰랐으니까 당연히, 너무너무, 놀랐죠. 심장이 막 터질 것 같고 손이 떨려서 일이고 뭐고 손에 잡히지를 않더래요. 부랴부랴 조퇴하곤 학원으로 저를 찾아왔더라고요.

그날, 학원 수업 땡땡이 치고 엄마랑 이런저런 얘기, 엄청 많이 나눴어요. 제가 살고 싶은 마음, 죽고 싶은 마음이 반반이라고 했더니, 엄마도 아빠랑 끝장내고 싶은 마음, 계속 살고 싶은 마음이 반반이랬어요. 그러면서 기왕에 반반인 거, 좋은 쪽으로 기회를 줘 보재요. 엄마가, 저 대학 들어가면 온 가족이 유럽여행 갈 자금을 몰래 모으고 있었나 봐요. 천만 원이 목표였는데, 육백이십오만 원밖에 못 모았대요. 그거 탈탈 털어 아빠한테 주면서 몇 달 여행 다녀오라고, 집 떠나서 반성 좀 하라고, 그러고도 반성이 안 되면 깨끗이 갈라서자고 하더군요.

놀라운 것은 아빠의 반응이었어요. 두말없이 동의하더라구요. 실은 저를 그렇게 개 취급한 다음부터 입맛이 싹 달아나고 잠을 못 자서 무슨 돌파구든 놀파구가 필요했다나요. 요즘 울 아빠, 엄청 들떠 있어요. 난생처음 가는 해외여행이니 오죽하겠어요? 어디 가느냐면, 축구 잘하는 아르헨티나, 브라질 같은 나라들 있는 남아메리카 있잖아요? 아빠는 옛날부터 아마존엘 꼭 가고 싶었대요. 아마존에서 우리 지구의 허파를 느끼면서 숨 한번 크게 쉬어 보겠다나 뭐라나. 그 대목에서 저는 피식, 웃고 말았답니다. 아빠 때문에 숨도 못 쉬고 산 게 누군데 아빠가 지금 그런 말을 하느냐, 싶었거든요. 여하튼 저는 오 년 후에 아빠 빼고 엄마랑 둘이서만 유럽 가기로 했어요. 핀란드나 노르웨이나 스웨덴처럼 여자들이 당당하게 사는 나라들을 둘러보고 싶어요. 당장 엄마랑 여행자금 모으는 통장을 만들었답니다.

저는 그 친구랑 같은 데 다니려고 학원 옮겼어요. 샌드위치 가게 언니 못 보는 게 아쉽긴 한데, 첨 사귄 친구가 너무너무 좋아서 어쩔 수 없었어요. 이 친구랑 있으면 시간 가는 줄을 몰라요. 세상에, 친구랑 노는 재미가 이런 건지도 모르고 죽을 뻔했으니 아찔하지 뭐예요?

가게 언니한테도 문자 보냈어요.

"언니, 걱정 마세요. 홍홍은 잘 살고 있어요. 이번 주 토요일 다섯 시에 친구랑 친구 이모랑 샌드위치 먹으러 갈게요."

뮤스 오빠, 오빠는 토요일 저녁에 시간 어떠세요?

친구 이모가 영화 보여 주기로 했는데. 그 언니, 완전 멋쟁인데.

첫날밤 이야기

박서방이 주머니에서 진달래 꽃무늬가 새겨진 예쁜 빗을 하나 꺼내 주더래요.
작은아기는 너무 기뻐 그 자리에서 머리를 풀고 빗기 시작했어요.
박서방은 싱긋이 웃으면서 딱 한 마디를 했대요.
"머리숱이 우째 그래 많노?"
"피, 그걸 인자 알았소?"
그러고는 평소처럼 혼자 이불 덮고 누웠는데,
왠지 허전하니 잠이 안 오더라네요.
늘 잠이 부족했던 작은아기로서는 생전처음 겪는 일이었죠.

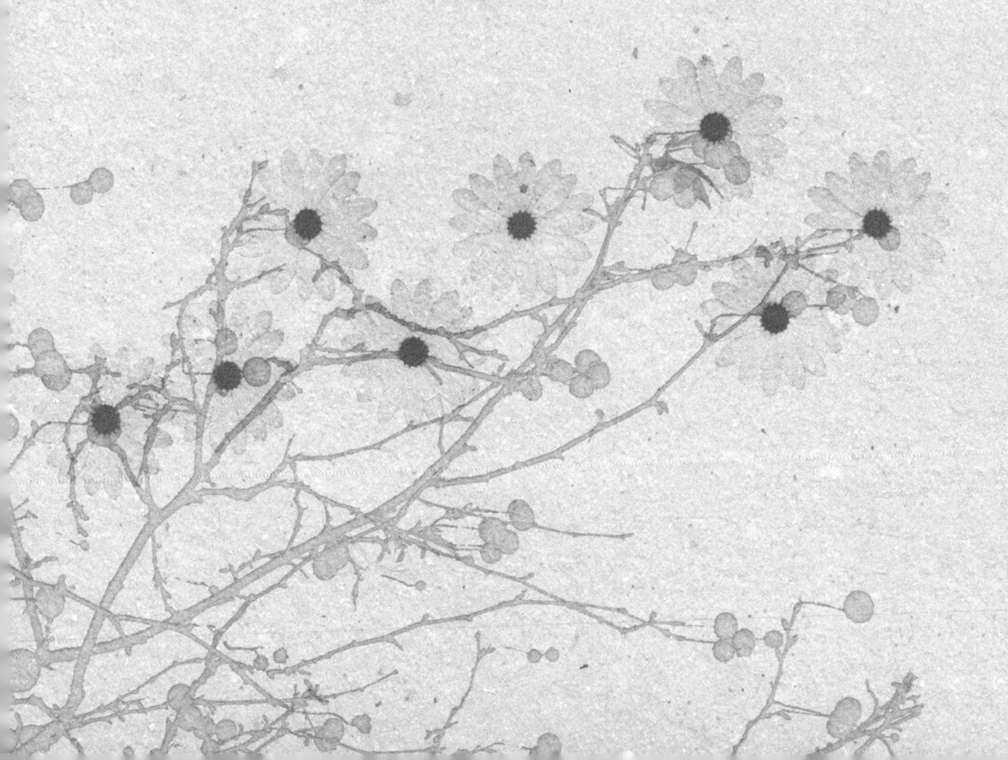

엄마가 그러던데, 아줌마, 소설 쓰신다면서요?

이 얘기 좀 써 주세요. 꼭 써 주셔야 돼요.

울 엄마 직장 다닌다고 외할머니가 저를 키워 주셨다는 건 아시잖아요? 그 외할머니가요, 저한테 외할머니의 외할머니 얘기를 해 주셨어요.

그러니까 작년 여름, 제 초경 파티 때였죠. 생리하는 거나 아기 낳는 거, 뭐 이런 여자만이 가지는 특징들은 모계를 닮는다고 하잖아요? 엄마랑 이모가 그런저런 얘기들을 해 주었어요.

"우리 집안 여자들은 초경이 좀 늦는 편이야. 대개 열대여섯 살쯤에 생리를 시작하는데, 너도 딱 열다섯 살에 시작하는구나."

"생리통은 생리하기 전날에 가장 심하니까, 이상하게 으슬으슬 춥고 허리가 아프다 싶으면, 생리대를 준비하고 몸을 따뜻하게 하고 신맛 나는 과일을 많이 먹고 푹 쉬어라."

"양은 둘째, 넷째 날에 많은 편이고 다섯째 날에는 이슬만 조금 비치고 말지."

세상에나 이런 귀찮은 행사를, 한 달에 닷새씩, 폐경 때까지 수십 년이나 겪어야 한다니요? 으악……. 게다가 우리 집안 여자들은 임신은 너무너무 쉽게 하는데 출산은 평균보다 세 배쯤 힘들게 한다나요, 쩝.

"쳤다 하면 홈런이거든. 후후. 딱 한 번 남자랑 자도 백 퍼센트 임신이 되는 거지. 낳을 때는 거의 저승 문턱까지 갔다 온다고 생각하면 되고. 그러니까 부디 조심하셔요, 아가씨."

엄마랑 이모가 이렇게 막 겁을 주는데, 외할머니가 당신 외할머니의 첫날밤 이야기를 시작했어요. 근데 그 첫날밤 이야기가 제 가슴에 팍, 정통으로 꽂혀 버린 거예요.

궁금하시죠? 들어 보세요.

그러니까 주인공은 울 엄마의 엄마의 엄마의 엄마예요. 다른 말로 하면 외고조할머니……. 시간적 배경은 일제강점기예요. 1915년부터 삼일만세운동이 일어난 1919년까지죠. 공간적 배경은 밀양이구요. 밀양, 아세요? 전도연이 칸 영화제에서 여우주연상 받은 영화가 〈밀양〉이잖아요. 요새는 연극촌이랑 연극 축제로 유명한 곳이죠. 이

광수의 《무정》에서 주인공들이 기차 타고 가다가 수재민 돕기 자선 음악회 여는 삼랑진읍도 밀양시에 있고요.

우리의 주인공, 외고조할머니는 이름이 없었어요. 그냥 다들 앵두나무집 작은아기라고 불렀다네요. 큰딸은 큰아기, 작은딸은 작은아기, 그렇게 이름도 없이 자라서는 김씨 가문에 시집가면 김실이, 박씨 가문에 시집가면 박실이가 되었다지요.

그런데 앵두나무집 작은아기는 겨우 열두 살 나이에 박실이가 되었답니다. 큰아기가 열일곱에 김실이가 되는 양을 두 눈으로 목격했던 작은아기는 너무너무 억울했어요. 그래서 부모님 앞에서 울고 불며 하소연하다 못해 마당을 떼굴떼굴 굴렀어요.

"언니는 열일곱 살에 시집보내 놓고 나는 와 열두 살에 보내노? 싫다. 나도 열일곱 되기 전까지는 시집 못 간다. 와 사람 차별하노? 시집살이는 고추 당초카마 맵다 카면서 그런 시집살이를 언니한테는 열일곱 묵고 하라 카고 내한테는 열두 살에 하라 카는 이유가 뭐꼬? 나는 못 간다. 죽어도 못 간다."

열두 살이면 초딩 5학년인데, 보통내기가 아니죠? 그만큼 죽기로 싫다고 몸부림을 치는데도 부모님은 눈도 깜짝 안 하더래요. 어머니는 되레 말도 안 되는 겁을 주고, 아버지는 어린 딸 가슴에 대못을 쾅쾅 박는 일장연설을 하더라나요?

우선 어머니.

"야야. 아부지는 하늘이고 아부지 말씀은 법이다. 하늘 법을 안 따리마 순사한테 잽히가가 징역 산데이."

그리고 아버지.

"니는 날 때부텀 아무 짝에도 쓸데없는 기집아로 태어나가 부모를 실망시킸다. 물에 던지가 떠니리 가구로 하까, 산에 던지가 호랭이가 물어 가구로 하까, 양단간에 결정을 내릴라 카다가, 목숨이 불쌍해가 이날 입때꺼지 내 집서 내 밥 믹이가 키왔다. 본시 딸년이라는 것은 시집가기 전에는 즈 애비가 오라 카마 오고 가라 카마 가면서 묵묵히 따리다가, 시집간 담에는 즈 서방이 오라 카마 오고 가라 카마 가면서 따리야만 사람값을 쳐주는 기다. 내가 요새 관절통이 하도 심해가 언제 죽을 동 모르는 거를, 내 몸 보양은 미루고 어린 기집아 끈이나 붙이 놓고 죽을라꼬 근방 삼동네를 다 뒤지가 마침맞은 양반집에 좋은 사우 자리를 구해 놨이마, 기집아가 고맙다꼬 절은 못할망정 어데서 배와묵은 패악을 여게서 즉이노? 내 집서 내 밥 얻어묵고 컸이마 그 공을 알어야제."

저, 사투리 잘하죠? 헤. 외할머니한테 십오 년을 들었더니 이렇게 술술 나온답니다.

작은아기가 여기서 심청이 모드로, 예, 아부지요, 잘 알아묵었습니더, 했으면 오늘 우리의 주인공이 되었겠어요?

"아부지요, 지가요, 마 십이 년 얻어묵은 밥, 이 자리서 다 토해 내

겠심더."

작은아기는 그길로 손가락을 입속 깊숙이 집어넣고 토하기 시작했어요. 토하고, 토하고, 또 토하고, 아무것도 안 나올 때까지 토하고는 더 토하려고 편도선을 막 쑤시다가 그만 기절을 해 버렸어요.

결국 찬물 한 동이를 뒤집어쓰고 깨어난 작은아기한테 어머니, 아버지가 아주 싹싹 빌었다지요. 양반 체면에 딸 시집보내겠다고 약조해 놓고 안 지키면 낯부끄러워 못 산다, 부모가 한꺼번에 목매달고 죽는 꼴을 보겠느냐, 그 꼴 못 보겠으면 제발 덕분에 시집 좀 가 다오, 라고요.

이런 난리법석 끝에 작은아기는 열두 살에 박실이가 된 거지요. 박실이의 신랑은 당연히 박서방인데요, 박서방은 스물세 살짜리 늙은 신랑이었어요. 그 시절엔 웬만하면 스무 살 이전에 다 시집장가를 갔다면서요? 박서방도 열여덟에 결혼을 한 번 했었다지요. 그런데 색시가 혼례를 치르자마자 괴질에 걸려 가지고 친정에서 몇 개월 골골거리다간 시집으로는 발걸음도 못 떼어 보고 세상을 떴다는군요. 색시가 그렇게 되자, 박서방도 충격이 컸나 봐요. 사는 게 무엇인지, 인생이 무엇인지, 의문이 들었겠죠. 머리 깎고 스님 되겠다고 몇 번이나 집을 나갔다네요. 그런데, 박서방 아버지가 밀양 향교에서 한 끗발 날리는 호랑이 선비였대요. 어떻게든 사람을 풀어 박서방을 붙잡아 와서는 비 오는 날 먼지 나도록 두들겨 팼다지요. 그러니까 작은아기도 그렇지만, 박서방 입장에서도 뭐, 하고 싶어 한 결혼은 아니었던 거예요.

하여튼 혼례 마당에서 두 사람은 생전처음 얼굴을 보았대요. 사모관대 쓴 스물세 살 신랑이야 나무랄 데 없이 늠름한 젊은이인데, 연지곤지 바르고 족두리 쓴 열두 살 작은아기는 꼭 잘 만든 인형 같았다나요. 색시가 귀엽다느니 앙증맞다느니, 신랑이 한 손으로 들어도 달랑 들리겠다느니, 어쩌고저쩌고 말도 많았다지요.

꼬마 신랑 얘기는 들어봤지만 꼬마 신부 얘기는 처음 들어 본다고요? 저도 처음이었어요. 헤헤.

어쨌든 혼례는 그저 어른들 시키는 대로 절을 하라면 하고 일어나라면 일어나고 술잔을 입에 대라면 대는 식으로 무사히 끝마쳤는데, 문제는 첫날밤이었어요. 그때는 성교육도 없었는데, 열두 살 여자아이가 첫날밤이 뭔지 요만큼이라도 알았겠어요?

박서방도 참 기가 막히고 코가 막혔을 거예요. 첫 번째 아내는 결혼하자마자 숨이 깔딱깔딱 넘어가더니, 두 번째 아내는 쥐방울만 한 꼬마아이라. 헤헤. 쥐방울만 하다는 건 외할머니 표현인데요, 바로 그림이 그려지더라고요. 엄마랑 이모랑 다 같이 배꼽을 잡고 웃었지 뭐예요?

박서방이 천장 한 번 쳐다보고 한숨 한 번 쉬고 방구들 한 번 내려다보고 한숨 한 번 쉬다가는 작은아기한테 묻더래요.

"니 몇 살 묵었노?"

작은아기가 얌전한 새색시 모드로 속눈썹 착 내리깔고, 지는 열두 살입니더, 그랬겠어요? 우리의 주인공인데?

박서방보다 더 크게 한숨을 푹푹 쉬고는 턱을 바짝 치켜들고 생쥐처럼 눈을 반들거리며 톡 쏘아붙였대요.

"색시가 몇 살 묵었는지도 모르고 장개 왔능교?"

박서방은 눈이 휘둥그레졌지요.

"싫거든 고마 물리소."

작은아기가 그리 암팡지게 오금을 박았지만, 박서방은 침만 꿀떡 삼키더래요. 작은아기는 정말이지 더 싸우고 싶었는데, 박서방이 입을 딱 닫고 상대를 안 해 주는 바람에 그냥 혼자 이불 덮어쓰고 자버렸대요. 아침에 일어나 보니까 부지런한 박서방은 벌써 세수하고 옷 갈아입고 마당 쓸고 있더라나?

첫날밤은 그렇게 지나갔어요. 그 다음 날 밤도 마찬가지였고요. 뭐, 그 다음다음 날 밤도 마찬가지, 그 다음다음다음날 밤도 마찬가지였지요.

옛날 풍습대로 혼례 치른 그해는 친정에서 묵히고 다음 해에 이바지 음식을 해 싣고 시집으로 갔다는데요, 이제 열세 살 먹은 작은아기는 신행 가는 길 내내 우느라고 눈이 통통 부었다지요.

시집살이야 당연히 힘들었지요, 뭐. 양반이라고 기세만 등등했지

살림은 넉넉지도 않았대요. 게다가 시부모가 노랑이 수전노라 머슴 사는 돈이 아깝다고 며느리들을 머슴 부리듯 심하게 부렸다지요. 아들 다섯은 가만 들어앉아 공자 왈 맹자 왈 하고 책을 읽는데, 며느리 여섯은 길쌈질에 누에치기에 잠도 교대로 잤다니 정말 불공평하지요? 아들 하나는 뭐 했냐고요? 넷째 아들 박서방은 논어 맹자에 취미가 없고 가출도 몇 번 하고 해서 어째 버린 자식 비슷이 취급되었대요. 아들 중에서 유일하게 책은 안 읽고 소 먹이고 농사짓고 나무하고 그랬다지요. 작은아기는 길쌈질도 누에치기도 손에 익지 않아 못하니까 물 긷고 방아 찧고 밥하고 빨래하는 일을 도맡아 했는데, 잠시도 쉴 틈이 없었대요. 어리다고 봐주지도 않았나 봐요.

아줌마, 혹시 요즘 〈며느리 전성시대〉라는 드라마 보세요? 그거 끝날 때 나오는 노래가 갑자기 생각나네요.

지겨운 나의 시집살이 인생, 욕쟁이 시아버지는 호랑새, 타박하는 시어머니는 꾸중새, 하루 종일 쉴 새 없이 꽥꽥꽥, 바보 같은 내 남편은 미련새

저, 노래 잘 하죠? 풋.

다시 본론으로 돌아와서, 작은아기는 어린 나이에 그렇게나 매운 시집살이를 하게 된 게 두고두고 억울하고 분했어요. 처음에는 친정

아버지를 원망했지만, 당장 눈앞에 보이는 사람이 박서방이니까 그 고생이 다 박서방 탓인 것만 같았지요. 그래서 몰래몰래 박서방한테 조그마한 해코지들을 저질렀다는군요. 밥에다 돌을 넣는다든지, 저고리나 버선 속에다 도꼬마리 가시를 붙인다든지, 국에다 머리카락을 빠뜨린다든지…….

하지만 바보 같은 미련새 박서방은 아무런 반응을 보이지 않았대요. 꿀 먹은 벙어리 모양으로, 돌이 씹히면 뱉어 내고 도꼬마리 가시는 뜯어 내고 머리카락은 건져 낼 뿐이었죠. 손뼉도 부딪쳐야 소리가 난다는데, 이런 사람하고 싸움이 되겠느냐고요.

"답답이, 답답이, 세상 천지에 저런 답답이가 다 있나?"

작은아기는 제풀에 열을 받아 가슴을 콩콩 치고 폴짝폴짝 뛰었어요. 화끈하게 싸움 한 판 벌이고 싶어 독이 바짝 오른 작은아기로선 암만 싸움을 걸어도 받아 주지 않는 박서방이 여간 얄밉지 않았어요.

그렇다고 박서방이 작은아기를 본체만체 무시하는 건 아니었어요. 작은아기가 방아를 찧고 있는데, 주변에 아무도 없으면, 슬그머니 다가와서 그 방아를 거지반 찧어 주고 갔대요. 작은아기가 빨래터에서 빨래를 하는데, 주변에 아무도 없으면, 슬그머니 다가와서 자두나 으름이나 능금을 쥐어 주고 갔대요. 또 작은아기가 아궁이 앞에서 불도 잘 붙지 않고 연기도 많이 나서 울고 앉았는데, 주변에 아무도 없으면, 슬그머니 다가와서 마른장작을 넣어 주고 불땀을 살려 주었대요. 근데, 주변에 강아지 한 마리라도 있으면, 절대로, 절대로, 다가오지 않았다네요.

호랑새 시아버지와 꾸중새 시어머니는 여섯 며느리, 일 시켜 먹는 재미로 사는 것 같은 어른들이었다는군요. 며느리들이 잠시라도 일 안 하고 노는 꼴을 못 봐주었대요. 며느리가 무슨 소나 나귀인 줄 아셨다나? 길쌈 다했거들랑 다듬이질해라, 다듬이질 끝났거들랑 이불 홑청 시쳐라, 홑청 다 시쳤거들랑 버선 기워라, 버선 다 기웠거들랑 텃밭 김매라, 김 다 맸거들랑, 애고, 힘들어, 또 길쌈해라…….

며느리들도 사람이니 만큼 말은 못해도 속은 부글부글 끓었겠죠. 아무리 열심히 길쌈하고 누에 쳐 봤자 돈은 모조리 시부모 수중에 떨어지고 며느리들은 꾸중만 배 터지게 얻어먹었으니까요. 배불리 먹지도 못하고 잠도 제대로 못자고 아파도 약을 못 사먹고 일만 죽어라 했다니, 《톰 아저씨의 오두막집》이나 《뿌리》에 나오는 흑인 노예들 생각이 나는 거 있죠?

여기서 작은아기가, 며느리란 원래 이렇게 죽도록 일만 하는 사람이려니, 하고 체념했다면 우리의 주인공이 아니겠지요.

작은아기가 열다섯 살 되던 해 초여름, 시부모가 이웃마을 친척노인의 환갑잔치에 가느라 집을 비운 어느 날, 이 집 며느리들이 짠 베를 단골로 수매하던 포목상에서 밀린 피륙 값을 가져다 주더라나요. 때는 지금이다, 기회는 찬스다, 싶었던 작은아기는 다섯 동서들을 꼬드겼어요. 장터에 진을 친 협률사[1]를 보러 가자고. 듣고 있으면 심장이 울렁거리고 절로 눈물이 흘러내린다는 이화중선의 〈사랑가〉를 들어보자고.

그러면서 작은아기는 빨래터 아낙네들에게서 주워들은 〈사랑가〉 한 대목을 불렀어요. 이렇게요.

이리 오너라 업고 놀자 사랑 사랑 사랑 내 사랑이야 사랑 사랑 사랑 내 사랑이지

이히 내 사랑이로다 아매도 내 사랑아

니가 무엇을 먹으랴느냐 둥글둥글 수박 웃봉지 떼뜨리고 강릉의 백청을 다르르르 부어 씨는 발라 버리고 붉은 점 욱뿍 떠 반간 진수로 먹으랴느냐

아니 그것도 나는 싫소

그러면 무엇을 먹으랴느냐 당 동지 지루지허니 외가지 단참외 먹으랴느냐

아니 그것도 나는 싫소

그러면 무엇을 먹으랴느냐

앵도를 주랴 포도를 주랴 귤병사탕의 회화당을 주랴

1. 조선말에 창립된 기생과 광대들의 공연단체. 일제강점기에는 사설 민간극장 형식으로 전국 순회공연을 다녔다.

아니 그것도 나는 싫소

시금털털 개살구 작은 이도령 서는 데 먹으랴느냐

아니 그것도 나는 싫소

저리 가거라 뒤태를 보자 이리 오너라 앞태를 보자 아장아장 걸어라 걷는 태를 보자 방긋 웃어라 아마도 내 사랑아

저, 잘 부르죠? 하여튼 목청 좋은 건 우리 집안 여자들 내림이에요. 이 좋은 목청으로 꼬맹이 넷째 동서는 하나같이 저보다 나이 많은 손위, 손아래 동서들 마음을 확 사로잡아 버렸어요. 하기는 전부 십대, 이십대 여자들인데, 애절한 사랑가에 마음이 흔들리지 않을 수 있나요?

여섯 동서들은 하루치 일을 땡땡이치고 장터로 협률사를 보러 갔어요. 이런 세상도 다 있었나 싶었대요. 영화 〈왕의 남자〉에서 남사당패들이 하는 것 같은 줄타기를 보다가는 등줄기가 땀으로 젖었고, 우스운 창극을 보다가는 배꼽이 빠질 뻔했다지요. 하지만 여섯 여자들의 혼을 빨아들인 공연은 따로 있었어요. 정말로 듣고 있으면 심장이 울렁거리고 눈물이 절로 흘렀다네요. 명창 이화중선이 성춘향과 이도령의 수작을 흉내 내며 부른 〈사랑가〉 말이지요.

이날의 땡땡이를 결코 후회하지 않으리라 다짐하며 돌아왔던 여섯 여자들은 시집 문간에 들어서자마자 불벼락을 맞았어요. 집안 여

자들이 안 하던 짓을 떼로 하자 겁이 덜컥 난 시숙 하나가 이웃마을로 달려가서 시부모를 불러왔던 거죠.

호랑새 시아버지는 대청마루에다 며느리들을 나란히 무릎 꿇리고는 잠 안 재우기 고문을 했어요. 주동자가 누구인지 불 때까지 그렇게 고문할 거라고 했대요. 먼동이 밝아올 때까지 다섯 동서들은 비밀을 지켰지만, 아무 데나 눕고 싶어 미칠 것 같았던 작은아기가 제 입으로 자수를 했대요.

하지만 우리의 주인공 작은아기가 설마, 지가 죽을죄를 지었습니더, 한 번만 봐주시이소, 했겠어요? 작은아기는 아픈 무릎을 주무르면서도 할 말은 딱 부러지게 다했어요.

“아밧님요, 어맛님요. 인자 고마 저희들도 이래는 못 살겠습니더. 소도 겨울 한 철은 노는데, 사람이 소만도 못하다 카마 말 다했지예. 인자 용전用錢도 쫌 주시고예. 일 년에 다문 며칠이라도 일 안 하고 놀구로 해 주시이소. 협률사 같은 거는, 아밧님, 어맛님이 먼저 나서시가, 느거들 고생 많이 했는데 귀경 갔다온너라, 카시면서 쌈짓돈도 좀 찔러 주시고예. 이래 안 해 주시마 인자 저희들은 한꾼에 다 머리 깎고 비구니가 돼뿔라 캅니더.”

시아버지는 당연히 노발대발, 아주 펄펄 뛰었어요.

“닥쳐라! 역적의 변설이렷다! 암만 요새 세상이 말세라 카지마는 반가의 자부 입에서 그런 못돼 묵은 변설이 나오다이? 인자 보이 니가 서방 망구고 집안 망구고 나라를 망굴 역적의 기물이렷다! 니가 감히 그라고도 내 집 밥을 묵을 요량이가? 삼돌아, 삼돌이 거 있나? 당장 저 아이 친정에 뛰가가 사정이 여차저차하이 댁의 여식을 얼른 델꼬 가시라꼬 전해라."

삼돌이한테서 소식을 들은, 작은아기의 친정아버지도 당연히 노발대발했죠. 목침이니 재떨이니 효자손 같은 물건을 마구 집어던지기까지 했다네요. 관절통이 심해지면서 불뚝거리는 성질은 몇 곱절 심해져 있었다나요.

"이왕지사 출가외인, 사돈댁서 쥑이든 동 살리든 동 마음대로 하시라꼬 전해라."

시아버지는 부아가 뒤집혀 주체를 못했어요. 냉큼 달려온 바깥사돈이 작은아기의 머리채를 휘어잡으면 그걸 뜯어말릴까 말까, 부녀가 나란히 무릎 꿇고 빌면 용서를 해 줄까 말까, 고민하고 있던 시아버지였으니까요.

시아버지의 엄명을 받은 시어머니가 손수 작은아기의 보따리를 싸기 시작했어요. 그러자 여섯 며느리들은 정말로 머리를 싹 밀어버렸어요. 한 사람이 다른 사람 머리를 가위로 뭉텅뭉텅 깎아 주고 작은 칼로 꼼꼼히 밀어 주었다는데요. 서로서로 쳐다보며 막 울다가는 또 막 웃고 그랬다지요.

그리고 아마 이런 구호를 외치지 않았을까요?

시집살이 고생살이 언제까지 당할쏘냐
우리 모두 머리 깎고 불도라도 닦고지고!

역시 힘없는 사람들은 단결이라도 해야 하는 거예요. 일이 이렇게 커지니까 시부모도 물러서더래요. 남의 눈도 두려웠지만 며느리들이 없으면 집안 꼴이 어떻게 될지가 더 두려웠던 거죠.

작은아기는 그해 가을에 초경을 했어요. 자고 일어나니까 하얀 이불홑청에 붉은 꽃잎이 점점이 흩뿌려져 있더래요. 동네가 다 알아주는 똑똑이 작은아기도 그런 면으로는 아는 게 없었나 봐요. 이대로 죽는가 싶어 막 울고 있자니 박서방이 제일 친하게 지내는 셋째 형수를 불러 주더래요.

작은아기가 열여섯 살 되던 해는 1919년, 기미년이었어요. 그해 3월 1일이 어떤 날이었는지는 아줌마가 더 잘 아시죠? 삼일절 노래, 불러 볼게요.

기미년 삼월 일일 정오
터지자 밀물 같은 대한독립만세
태극기 곳곳마다 삼천만이 하나로
이날은 우리의 의요 생명이요 교훈이다
한강 물 다시 흐르고 백두산 높았다

선열하 이 나라를 보소서

동포야 이날을 길이 빛내자

아, 이 노래는요, 부르다 보면, 가슴이 막 벅차오르는 거 있죠? 기념일 노래 중에서는 이 노래가 제일 좋아요. 사실 가사를 아는 기념일 노래도 이것밖에 없답니다.

서울에서 시작된 태극기와 대한독립만세의 물결이 전국으로 퍼져나갔지만, 경상도는 어째 조용했어요. 물론 겉으로만 조용했지요. '대한독립만세'라는 여섯 글자로 이루어진 소문의 힘은 햇볕처럼 공기처럼 사람들 속으로 스며들고 있었어요.

박서방은 읍내로 나갔다가 열에 들떠서 돌아왔어요. 생전 안 하던 외박도 종종 하고요. 3월 1일에 서울 파고다공원에서 만세운동에 참가했던, 박서방의 죽마고우가 밀양에 내려왔다지요. 그 사람은 고향 친구들을 불러서 경상도에서도 만세운동을 일으켜 보자고 했대요. 면사무소에서 등사기를 훔쳐 낸 그들은 "오등은 자에 아 조선의 독립국임과 조선인의 자주민임을 선언하노라." 하는 독립선언서를 수천 장 등사하고 태극기를 손닿는 대로 많이 만들었대요.

3월 13일, 음력으로 2월 열이틀은, 밀양에 오일장이 돌아오는 날이었어요. 작은아기는 시어머니 생신 상에 쓸 고기를 장만하러 손아랫동서와 함께 장터 푸줏간으로 가고 있었어요. 이걸 사시오 저걸

파시오 깎아 주오 못 깎아 주오 가지가지 흥정에다, 똥을 된장이라고 속여 팔 날사기꾼이니 남의 물건 거저먹으려는 날도둑놈이니 가지가지 악다구니로, 장터는 언제나처럼 떠들썩떠들썩했어요. 국숫집 가마솥에서 쉭쉭 뿜어 나오는 김에서 구수한 멸치국물 냄새를 맡은 작은아기의 배꼽시계가 요란스레 꼬르륵 소리를 내기 시작했어요. 그래 국수라도 한 그릇씩 사먹자고 동서와 의논하려는 참에 정오를 알리는 사이렌 소리가 뚜우, 온 장터에 퍼지더래요. 그런데 그것이 신호였대요. 밀양공립보통학교 쪽에서 예사롭지 않은 함성과 박수 소리가 들려오더니, 어디선가 불쑥불쑥 나타난 젊은이들이 장꾼들에게 독립선언서와 태극기를 나눠주기 시작했대요. 곧 태극기의 물결이 온 장터를 휘덮었어요. 흥정도 악다구니도 쏙 들어가고, 그야말로, 터지자 밀물 같은 대한독립만세 소리만 밀양 하늘을 쩌렁쩌렁 울렸지요.

작은아기는 그 수천의 만세 소리 가운데, 귀에 익은 하나의 목소리를 가려 들었어요. 박서방이었죠. 대한독립만세. 대한독립만세. 대한독립만세를 외칠 때마다 그의 눈에서는 불꽃이 탁탁 튀었고, 그의 목울대는 울근불근 불거졌고, 그의 턱은 활시위처럼 팽팽했어요. 태극기를 들어 올리는 팔뚝은 또 두 개의 배흘림기둥처럼 듬직했지요.

늘 시집 식구로만, 시부모의 넷째아들로만 여겨지던 박서방이 그 장터에선 한 남자로 보였대요. 대한독립만세가 작은아기 귀에는 박서방의 자주민임을 외치는 독립만세로 겹쳐 들렸다니 희한한 일이죠?

곧, 칼 찬 순사들과 헌병대가 호각을 불고 공포탄을 쏘고 몽둥이를 휘두르며 선두에서 시위를 이끌던 젊은이들을 쫓기 시작했어요. 장꾼들은 자기네끼리 부딪치고 엎어지고 뒤엉키고 깔리고 울부짖으며, 젊은이들이 도망갈 시간을 벌어 주었어요. 피를 철철 흘리며 쓰러지는 사람, 팔다리를 다쳐 어쩔 줄 모르는 사람, 엄마 손을 잃고 우는 아이……. 난리도 그런 난리가 없었다지요. 작은아기는 손아랫동서와 국숫집 널평상 밑에 숨었다는데요, 수천의 발소리 가운데 하나의 발소리가 작은아기의 가슴으로 달려들더래요. 그건 꼭 그날의 발소리라기보다는 오래전부터 작은아기가 혼자 있을 때만, 주변에 아무도 없을 때만, 슬그머니 다가오던 그 발소리였지요.

그날 한밤중에 박서방이 돌아왔어요. 눈에는 핏발이 서 있었고, 목은 꽉 잠겨 있었대요. 그가 숭늉 한 사발을 청하기에 작은아기는 평소와 달리 군말 하지 않고 가져다주었어요. 후루룩 숭늉사발을 비우고 벽에 기대어 앉는 박서방 옆자리에, 평소와 달리 작은아기가 오도카니 앉았대요. 이상하게 그날따라 그러고 싶더라나요.

그러자 박서방이 주머니에서 진달래꽃 무늬가 새겨진 예쁜 빗을 하나 꺼내 주더래요. 작은아기는 너무 기뻐 그 자리에서 머리를 풀고 빗기 시작했어요. 박서방은 싱긋이 웃으면서 딱 한 마디를 했대요.

"머리숱이 우째 그래 많노?"

"피. 그걸 인자 알았소?"

그러고는 평소처럼 혼자 이불 덮고 누웠는데, 왠지 허전하니 잠이 안 오더라네요. 늘 잠이 부족했던 작은아기로서는 생전처음 겪는 일이었죠.

박서방이 어디 있나 둘레둘레 찾아보니 삼월 밤바람이 무지 찬데도 툇마루에서 검푸른 하늘을 하염없이 바라보고 앉았더래요. 그때, 여름 산의 칡덩굴 같은 것이 작은아기의 발목부터 칭칭 휘감고 올라오더니 허벅지를 옴짝달싹 못하게 조여 버렸어요. 아랫도리가 그렇게 빽빽해지니까 가슴은 오히려 불타는 듯 뜨거워지고 입술은 절로 벌어지면서 새콤달콤한 침이 마구 고였어요. 작은아기는 저도 모르게 차가운 박서방의 손을 잡아 제 뜨거운 가슴에 얹었어요. 가슴은 그 몇 년 새, 진달래 동산처럼 봉긋이 부풀어 있었다지요.

박서방도 작은아기를 빈틈없이 꼭, 꼭, 안아 주더래요. 그러고는 작은아기를 안은 채로 방안에 들어갔는데, 그제야 진짜로 첫날밤을 치르게 된 거였죠, 뭐.

작은아기는 남자 다리 사이에 어떤 신기한 물건이 있는지도 그날 밤에 처음 보았지만요, 자기 엉덩뼈 근방에 반달 모양의 푸른 점이 두 개나 있다는 것도 그날 밤 처음으로 알았다는군요. 영창으로 새어 들어오는 열이틀 밝은 달빛에 작은아기의 엉덩이를 비춰 보며,

박서방이 그러더래요.

"달이 두 낱이마 벗 붕朋짠데……."

박서방은 마치 가장 소중한 벗을 대하듯 작은아기의 엉덩이에 뺨을 갖다댔다나요. 그러고는 혼잣말처럼 이렇게 웅얼거렸다지요.

"우짜다 잃가뿌도 궁디에 반달 점 두 낱 있는 사람 찾으만 되겠네."

그것이 이별의 말인 줄을, 작은아기는 몰랐대요.

보통은 새벽녘에 방이 선득해져서 깨어나는데, 그날은 방이 뜨뜻해서 모처럼 늦잠을 자고 일어나 보니 박서방이 사라지고 없더래요. 작은아기 잠든 방에 군불도 넉넉히 넣어 주고 쇠죽도 넉넉히 끓여 놓고는.

오후에 들이닥친 순사들한테서 박서방이 불령선인[2] 목록에 올랐고, 박서방의 친구들 몇몇이 감옥에 갇혔으며, 몇몇은 도망을 쳤다는 얘기를 들었대요. 저들에게 잡히지 않은 것만 확실하지 박서방이 어디로 갔는지는 아무도 몰랐대요. 다시 돌아오지도 않았고요.

슬픈 얘기죠?

근데, 꼭 슬프지만은 않고……. 뭐랄까?

하여튼 여기서부턴 후일담이랍니다.

---

2. '불온한 조선인'이라는 뜻으로, 일제강점기에 제국주의자들의 명령을 고분고분 따르지 않는 한국 사람을 이르던 말.

작은아기는 몇 년 뒤, 만주에 다녀온 고향 사람한테서 박서방 비슷한 사람을 얼핏 본 것도 같다는 얘기를 들었어요. 하지만, '얼핏 본 것도 같다'는 말 한 마디에 두 목숨을 걸 수는 없었지요. 두 목숨? 그래요. 그 첫날밤에 울 외할머니의 어머니, 그러니까 제 외증조할머니가 생긴 거죠.

아기를 낳다 저승 문턱까지 갔다 온 작은아기는, 아기 낳는 여자들을 도와줄 생각으로 상경하여 먹여 주고 재워 주는 간호학교를 다녔대요. 딸아기는 시골 집 동서들이 잘 돌봐 주었고요. 간호학교를 졸업한 작은아기는 산부인과 병원에서 간호부로 일하면서 외증조할머니를 훌륭한 산부인과 의사로 키워 냈지요. 외증조할머니는 밀양에서 산부인과 병원을 내고 자기 병원에서 외할머니를 낳았어요. 외할머니는 고등학교에서 보건교사를 하다가 어린 저를 돌봐 주려고 직장을 그만두었다지요.

나중에 박서방의 친구라는 사람한테서 박서방이 만주 어디쯤에서 독립운동을 하다가 죽었다는 얘기를 들었는데도, 작은아기는 '이 사람을 찾습니다' 같은 방송이 나올 때마다 혹시 엉덩이에 반달 점 두 개 있는 여자를 찾는 남자가 있을까 봐 눈을 부릅뜨고 살폈다지요.

저는 가끔 이런 생각을 해요.

작은아기가 기미년 3월 13일에도 박서방한테 마음을 열지 못했으면, 그날 밤에도 진짜 첫날밤을 갖지 못했으면, 외증조할머니도 없고 외할머니도 없고 울 엄마도 없고 나도 없다는 거…….

이 생각을 하면요, 별일이죠? 창문을 열고 하염없이 밤하늘을 보고 싶은 거 있죠?

열여섯 살 된 다음부터 자꾸만 가슴 속에서 밤하늘 같은 그리움이 뭉게뭉게 자라나요. 무엇이 그리운지도 모르면서 그냥 무언가를 하염없이 그리워하게 돼요.

하염없이….

아, 하염없이….

이 그리움이 쌓이고 쌓인 어느 날, 저도 누군가의 찬 손을 잡아 제 뜨거운 가슴에 얹을 수 있을까요? 그러면 저도 어떤 아이의 외할머니의 외할머니가 될까요?

아줌마, 이 얘기, 꼭 써 주셔야 해요.

왜냐하면 저는요, 제 친구들도 그렇고요, 가끔가끔 칡덩굴 같은 것에 조이거든요. 입속에 새콤달콤한 침도 고이고요.

그럴 때면 이야기라도 읽어야지, 어떡하겠어요?

살 자격

온 집안이 찰찰 감시에 나섰으나, 기어코 죽고자 하는 사람을 무슨 수로 막으리오.
마침내 감생이 영운선생의 뒤를 따르니 온 남양 땅이 그 효성에 감동하여
칭송을 금치 못하더라. 남도 그러하거늘 자매인 신생이 코웃음을 치며,
언니의 효는 실상 효가 아니라 극심한 불효라, 하니 그 모친조차 신생을
사람 되지 못할 것으로 여기어 길게 혀를 차더라.

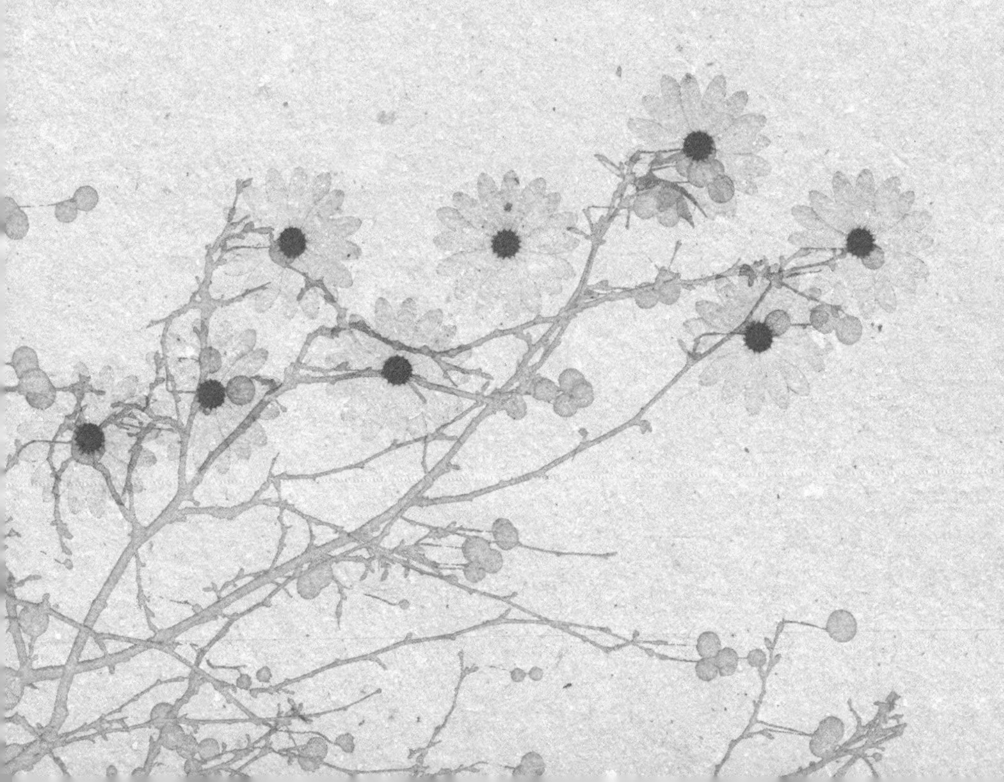

– 마루 님…….

– 라이언퀸 님, 안녕? 어인 행차셔? 이제 우리 사이트는 졸업한 줄 알았더니.

– 제가여, 진짜루 죽일 년이거덩여. 완전 지대루 미친년이거덩여.

– 웬 자학 모드?

– 아빠가 돌아가셨어여. 미친 딸년 땜시.

– 엥?

– 그제 일요일 밤에 엄마랑 무지 싸웠걸랑여. 열두 시 막 넘기는 참인데 엄마가 방문을 막 두들기는 거예염. 당연히 안 열어 줬져. 근데 엄마가 비상열쇠로 방문을 따고 들어왔어여. 술 냄새 팍팍 풍기면서뤼. 그러더니 다짜고짜 제 등짝을 막 두들겨 패구 욕도 막 하구여. 이놈의 컴퓨터를 박살내고 말겠다면서 가위로 전선을 팍 끊어 버려여. 한참 레벨 팍팍 올리던 중인데, 그게 뭐

하는 짓이냐구여. 그래서 엄마한테 달려들었져. 나도 입 있는데 욕이 안 나오겠어염?

– 저런. 좀 참지.

– 그때 아빠가 퇴근했어여.

– 일요일인데도 출근하셨더랬어?

– 울 아빠는 원래 일요일도 없고 밤낮도 없고 그런 사람이에여. 근데 그날은 피곤이 쌓일 대로 쌓였는지 완전 토끼눈에다가 팔다리까지 후들후들 떨더라구여.

– 아이쿠. 그런 아빠한테 딱 들켰구나?

– 그렇져 머. 근데 아빠가 엄마 편들면서 제 머리를 막 때려여. 때릴 때는 떨지도 않구여. 무지 아프게 때리더라구여. 저는 다른 데는 몰라도 머리 맞는 건 질색이거덩여. 아빤 도대체 왜 사람 머리를 때리고 지랄이냐구여? 그러니까 내가 미치져. 미쳐서 고래고래 소리 지르고 방방 뛰고 온 사방 물건 집어던지고 난리를 피웠져.

– 아이쿠, 그 한밤중에?

– 예. 그래야지 동네 창피하다고 아빠 엄마가 저를 가만 놓아두거덩여.

– 그래서?

– 엄마는 엉엉 울고, 아빠는 혼자 씩씩거리다가 차 열쇠 들고 도

로 집을 나갔어여.

– 혹시 교통사고?

– …….

– 그렇구나. 어쩜 좋니?

– 엄마가여, 저 같은 딸은 딸이 아니라 원수래여. 다시는 보고 싶지 않대여. 눈앞에서 사라지래여. 안 없어지면 살인 날 거래여.

– 그래서 집 나온 거야?

– 옙. 어제는 찜질방에서 잤구여. 오늘은…….

– 피시방에서 밤새우겠다고?

– 어떻게 아세여?

– 뻔할 뻔이지. 아니, 컴퓨터 때문에 그 사달이 나고도 또 피시방에 오고 싶든?

– 울 엄마랑 비슷하져 머. 술 먹고 기절해 가지고 앰뷸런스에 실려 가거덩여? 그럼 다시는 안 먹을 것 같잖아여. 근데 앰뷸런스 실려 갔다 왔다는 그 사실이 너무너무 부끄럽고 괴로워서 또 술 퍼먹잖아여.

– 아이쿠 님아, 말은 어찌 그리 잘하누.

– 마루 님이니깐 이런 말이라도 하는 거져……. 울 아빠 불쌍하고……. 미안하고……. 저라고 왜 그런 감정 없겠어여? 저도 제가 죽어 싸다는 거 잘 알아여. 살 자격이 없는 인간이에여. 그래

서 죽을라고 피시방에 온 거예여. 마루 님이 그랬잖아여. 밥 안 먹고 잠 안 자고 연속으로 피시만 하면 일주일 안에 반드시 죽을 거라구. 울 엄마, 죽어도 먹고 죽겠다고, 술병 들고 만날 그러거덩여. 나도 그러려구여. 죽어도 마우스 끼고 죽겠단 거져.

– 알았어. 맘먹고 죽겠다는 사람을 내가 어쩌겠어? 님아. 마지막으로 한 번만 나랑 놀아 보자. 화면 오른쪽에 구름무늬 아이콘 보이지? 그거 클릭해 봐.

– 클릭.

* * *

클릭.

마루의 오른손 검지도 마우스를 눌렀다. 1초, 2초, 3초……. 화면이 뜨기까지 그 짧은 순간에 마루는 또 다시 죽은 아들 민이의 목소리를 들었다.

– 엄마, 엄마. 죽음의 고리를 끊어 주세요.

– 루지, 루지. 당신을 버려서 미안해.

아들은 현생의 아들이면서 전생의 연인이기도 했다. 연인이되 마루를 버린 야속한 연인이었다.

마루는 한창 잘나가는 프로그래머일 때 회사 동료와 결혼하여 민이를 가졌다. 남산처럼 부른 배를 하고도 출산 전날까지 회사 일에 매달린 독종 커리어 우먼이었다. 그러다 보니 정작 아이 문제에 대해서는, 낳아 놓으면 제가 알아서 어떻게든 크겠지, 하는 어이없는 똥배짱밖에는 준비해 둔 것이 없었다. 시집이고 친정이고 아이 봐줄 만한 어른이 없는데, 직장에서는 여전히 야근이 예사였다. 천신만고 끝에 구한 보모는 걸핏하면 예고 없이 그만두었고, 아이는 잔병을 달고 살았으며, 남편은 우는 아이를 업고 밤을 새운 마루에게 아이는 엄마 손으로 길러야 한다, 모성애는 위대한 것이다, 어쩌고 하며 핏대를 세웠다. 결국 마루는 직장을 그만두었다.

민이는 물론 예쁘고 사랑스러운 아이였지만, 마루로선 하루 온종일 아이 치다꺼리만 하는 것이 너무 지루했다. 지루하다 못하여 오후 서너 시쯤이면 멀미가 나고 욕지기가 치밀어 올랐다. 그 병을 다스리려고 시작한 것이 온라인게임이었다. 처음에는 민이가 잘 때만 게임을 했다. 워낙 그 방면으로 손속이 좋은 사람이라 레벨이 쑥쑥 올랐다. 바닥을 모르고 추락하던 마루의 자존심은 레벨이 오를 때마다 조금씩 회복되었다. 밥을 하면서도 게임 생각을 했고 아이 기저귀를 갈면서도 게임 생각을 했다. 나중에는 아이 울음소리를 잘 듣지 못했다. 아이를 보행기에 태워 놓고는 아이가 울거나 말거나 게임을 했다. 숨넘어갈 듯이 울어야 겨우 아이에게 눈길이 갔고 아차, 싶어 마우스를 놓았다. 그 단계를 지나자 게임을 방해하는 아이가 순간순간 미워져서 마루 스스로도 내가 왜 이러나, 싶었다. 어질러진 집안과 땟국 졸졸 흐르는 아이 꼴이 도를 넘어서자, 만날 자정 넘어 귀가하던 남편도 눈치를 챘다. 남편은 마루에게는 한 마디 상의도 없이 컴퓨터를 팔아치워 버렸다.

그 운명의 날, 민이는 쌔근쌔근 자고 있었다. 마루는 아파트 상가의 새로 생긴 피시방에 가고픈 유혹을 이기지 못했다. 피시방의 컴퓨터는 최신형이었다. 마루가 집 안에 들어앉아 있던 일 년 사이에도 컴퓨터의 성능은 엄청나게 향상되어 있었다. 마루는 영영 직장에 복귀하지 못할지 모른다는 생각에 잠시 눈앞이 까마득해지도록 절망스러웠다. 마루의 직업이 그랬다. 언제나 최첨단을 달리지 않으면 도태되기 십상이었다. 마루는 절망스러웠기 때문에 더더욱 게임에 몰두했다. 게임의 세계에서라도 마루라는 존재를 인정받고 싶었다. 그러나 정말이지 다섯 시간이나 지났을 줄은 상상도 못했다. 태어난 지 열다섯 달밖에 안 된 민이는 엄마 찾아 이 방 저 방 다니며 울다가 마루의 핸드백에 있던 눈깔사탕을 발견했다. 평소에는 사탕도 곧잘 빨아먹던 아이인데 눈이 붓도록 울다가는 딸꾹질까지 하던 차라 사탕을 삼키고 말았다. 사탕은 아이의 좁은 목구멍 가운데에 딱 걸려 내려가지 않았다. 마루가 달려왔을 때는 이미 늦었다.

남편은 마루를 아동학대죄로 신고하고는 혼자서 이민 수속을 밟았다. 마루는 징역 6개월을 선고받았다. 마루는 경찰서에서도 교도소에서도 오로지 죽을 생각만 했다. 민이를 그렇게 보낸 자신이 바퀴벌레보다도 혐오스러웠다. 지켜보는 눈들만 없었다면 벌써 죽고도 남았을 텐데, 경찰들과 교도관들의 감시 때문에 죽지도 못했다.

구치소에서 교도소로 넘어온 첫날부터 마루의 꿈에 민이가 나타났다. 꿈속에서 민이와 마루는 인도 태생의 연인들이었다. 민이는 무를리라는 스물다섯 살의 남자였고 마루는 루지라는 열여덟 살의 여자였다. 둘은 오 년이나 어여쁜 사랑을 나누었는데, 집안의 강요에 못 이긴 무를리가 지참금 많은 딴 여자와 결혼해 버렸다. 루지는 목을 매었고 무를리 또한 죄책감을 못 이겨 자살했다. 전생에 무를리가 루지를 버린 죄책감으로 죽었다면, 현생에서는 마루가 민이를 지키지 못한 죄책감으로 죽을 차례였다.

'죽어야지. 나는 살 자격이 없어.'

민이가 죽은 후 마루가 하루도 빠짐없이 되뇐 말이었다. 그러나 꿈속의 민이와 무를리는 6개월간 하루도 빠짐없이 말했다. 죽음의 고리를 끊어 달라고. 마루가 이렇게 죽으면 이 악연은 다음 생에도 되풀이되리라고.

마루는 출소 후 자살을 마음먹은 사람들의 마음을 돌리는 자살 방지 상담 사이트에 취직했다. 다양한 프로그램 개발에 참여했고, 채

팅 상담도 했다. 라이언퀸도 채팅으로 만났다. 처음 만났을 때는, 온 얼굴에 빼곡히 들어찬 여드름 때문에 성적도 떨어지고 사람들 만나는 게 두려워졌다는 중학생이었다. 집에만 박혀 있으니 자연 게임 중독이 되어 고등학생이 되고도 내내 성적은 바닥에서 기었고 선생들이나 부모한테는 근심가마리, 욕가마리였다. 그래도 마루와 채팅하면서 성격이 많이 좋아졌다. 게임 디자이너라는 장래희망도 생겼다. 목표가 생기니 게임에도 맹목적으로 열중하지만 않고 객관적으로 품평할 줄 알게 됐다.

그랬는데 또 이런 불행이 닥치다니……. 하긴 불행이 어디 예고하고 오던가.

라이언퀸처럼 죄책감에 죽으려고 하는 경우, 마루는 자신이 개발한 전생 체험 프로그램을 실행했다. 피상담자의 상황과 성격, 연령, 성별에 따라 스물한 가지 버전이 있었다. 마루가 라이언퀸의 조건들을 입력하고 엔터키를 치면 스물한 가지 중에서 라이언퀸에게 가장 적합한 전생 체험 MMORPG 게임이 실행될 거였다. 라이언퀸이 어떤 식으로 롤 플레잉을 하느냐, 자기 역할에 얼마나 감정이입을 하느냐에 따라 스토리의 결말은 달라질 수 있었다.

화면이 떴다.

마루의 오른손 검지가 빠르게 움직였다.

옛날 중국 남양 땅 이름난 가문 중에 목씨네가 있었더라. 목씨 가문의 영운선생은 도덕군자로 부귀공명에 뜻이 없고 오직 문장과 풍류에 관심을 두었더라. 욕심 없는 사람이라 남달리 갈망할 것도 바이없었으나 슬하에 자식이 없어 조상의 음덕을 갚지 못하고 자기 대에서 가문을 폐하게 될까 다만 그것을 염려하였더라.

어느 해 여름에 영운선생이 눈부시게 흰 빛의 복숭아를 먹고 있는데, 과육 속에서 하얗고 통통한 벌레 두 마리가 꿈틀거리거늘, 소반 위에 가만히 그것을 내려놓아 벌레가 살아서 기어나가게 했더라. 아랫것이 그 모양을 보고 제 옷소매로 눌러 죽이려 나섰다가 영운선생의 제지로 물러섰으니, 선생은 아무리 미물일지라도 그 목숨을 소중히 여겼음이라.

흰 복숭아벌레가 대들보에 난 구멍으로 들어가기 직전 문득 영운선생을 돌아보는데 홀연 무지갯빛 광채가 서리더니 옥구슬 두 개가 놓여 있어, 선생이 크게 놀라 구슬을 살펴보니 한 개에는 달 감甘자와 날 생生자가, 또 한 개에는 매울 신辛자와 날 생生자가 새겨져 있더라. 그날 밤 꿈에 선생이 부인과 더불어 연못가를 거니는데 연못 속의 물고기 두 마리가 부인의 치마폭으로 날아드니 부인이 놀라 엉덩방아를 찧었더라. 물고기는 부인의 치마폭에서 오색 찬연한 빛을 내뿜다가 불현듯 커다란 연꽃 두 송이가 되어 그윽한 향기를 풍기더라. 선생이 몹시 기이하게 여기고 부인에게 말하여 각별히 몸조심을 시키니 이때에 부인이 마흔 나이에 태기를 보이는지라.

달이 차서 아기 낳을 때가 되자 무지개가 지붕 위에 걸치고 연꽃 향내가 산실에 가득하니 내외가 한 마음으로 가문의 대를 이을 아들을 기원하나 산통이 시작되어 지극한 난산 징조를 보이매 영운선생은 산실 밖에서 오직 순산을 바라더라. 마침내 산파가 방문 밖으로 나와 선생에게 말하기를,

"어여쁜 아기씨가 두 분이나 탄생하시었사옵니다. 소인이 나이 칠십이 되도록 수많은 아기를 받아 보았으되 이 댁 아기씨 같은 경우는 처음 겪사옵니다. 해산때를 벗지도 않은 아기씨들이 어찌 이리도 반듯반듯 어여쁘며 높은 향내를 풍기는지 소인, 정신이 아득하옵니다. 비록 여자의 몸으로 났으나 반드시 귀하신 지위에 오를 것이오니 나리께서는 부디 서운타 마소서."

하니 선생이 답하기를,

"아들이건 딸이건 부처님이 점지해 주신 목숨이니 내 어찌 서운타 하리. 애중히 기를 터이니 헛된 걱정은 말게."

이에 영운선생은 두 여식에게 각각 감생과 신생이라는 이름을 지어 주며 감생에게는 감초처럼 꼭 필요한 사람이 되라, 신생에게는 매운 기상을 드높이며 살라 기원을 올리더라. 내외가 자매를 장중보옥[1]掌

中寶玉처럼 사랑하고 중히 여기니 자매는 나날이 아름답게 자라나더라.

아아, 사람의 운명은 알 수 없는 것이라 하나 한 줄기에 난 두 송이 연꽃 같은 감생과 신생의 행실이 어찌 이리 다르리오. 부인이 여공[2]女工을 가르치기 시작하매 감생은 진선진미[3]盡善盡美, 하나를 가르치면 열을 알아서 어느 한 군데 흠결을 찾을 수 없으나, 신생은 어린 처녀가 장기바둑이니 패관소설이니 무예육기니 바르지 못한 유희 놀음에 혹하여 모친의 가르침을 한 귀로 듣고 한 귀로 흘려 종아리에 피가 나도록 매를 대어도 별무소용인지라.

늦게 본 귀염둥이 여식들 봄비에 새싹 자라듯 파릇파릇 자라는 양을 그렇게도 즐기던 영운선생은 신생의 어긋남에 심정이 상하여 먹은 것을 삭히지 못하는 병에 걸렸더라. 감생이 밤잠 못 자고 약시중을 들다 심신 산란해진 탓으로 하루 한 번 아침에만 써야 할 독한 약재를 밤에도 넣고 만 것은 정녕 귀신의 저주라. 창졸간에 영운선생의 숨이 끊어지고 의원이 감생의 실수를 책망하니 감생이 지나치게 슬퍼하여 기절하기를 여러 번, 깨어나는 족족 아비를 따라 죽고자 하더라. 온 집안이 찰찰察察 감시에 나섰으나, 기어코 죽고자 하는

1. 손안에 있는 보배로운 구슬.
2. 길쌈질.
3. 더할 나위 없이 훌륭하고 아름다움.

사람을 무슨 수로 막으리오. 마침내 감생이 영운선생의 뒤를 따르니 온 남양 땅이 그 효성에 감동하여 칭송을 금치 못하더라. 남도 그러하거늘 자매인 신생이 코웃음을 치며, 언니의 효는 실상 효가 아니라 극심한 불효라, 하니 그 모친조차 신생을 사람 되지 못할 것으로 여기어 길게 혀를 차더라.

부녀의 초상을 치른 후 넉넉하던 가세가 내내 기울기만 하는 와중에도 신생의 자색은 차차 그 진면모를 드러내더라. 구름 같은 머리 아래 이마는 흰 비단을 펼친 듯 은은하고, 초승달 같은 눈썹 아래 두 눈동자는 흑요석처럼 반짝이며, 백일홍 꽃잎 같은 입술 속 잇바디는 흰 옥을 깎아 다듬은 듯 가지런하더라. 인물이 이렇듯 빼어나나 아비 죽인 못된 여식이라는 소문이 남양 땅에 자자하니 마땅한 혼처가 나서지 않았더라. 아무리 미운 자식일지언정 피붙이라고는 그것 하나밖에 없는 모친은 이래저래 걱정이 자심하더라.

신생의 나이 십육칠 세를 넘어 십팔 세에 이르고도 출가의 길이 도통 열리지 않으니 마침내 애가 단 모친이 점쟁이를 불렀더라.

"이 아이가 인물이나 가문이나 남에게 빠지지 않는데 노처녀로 늙힐 수야 없지 않겠소?"

점쟁이가 팔괘 육효 오행을 따지고 관상과 수상, 족상을 모두 따지더니 말하기를,

"낭자는 반드시 귀하게 될 몸이며 낭자의 짝 또한 이 세상에 한 분

밖에 없는 귀인이시옵니다. 기어이 청혼을 거절하는 까닭은 다 여기에 있사옵니다."

하니 부인이 놀라,

"이 세상에 한 분밖에 없는 귀인이라니? 혹 천자天子를 이름이오?"

"모두 하늘의 뜻이옵지요. 궁으로 들여보내소서. 곧 주선해 줄 이가 마님을 찾아올 것이옵니다."

사흘 후 단오절, 신생이 모친과 더불어 댓잎에 싼 찰밥을 먹고 집 밖에 나와 천지에 가득한 봄기운을 완상하니 월궁항아가 하강했음인가 양귀비가 환생했음인가. 황궁의 늙은 여어[4]女御가 그 모양을 보고 감탄을 그치지 않더니 종내 신생의 뒤를 좇아 그 모친을 만나더라.

"궁인이 황후폐하의 엄명 받자와 처자를 찾아다닌 지 해포가 지났으나 댁의 따님 같은 미재美材는 처음입니다. 그저 미재일 뿐 아니라 봄풀 같은 생기가 사방 백리에 뻗치니 궁인이 오래 산 덕에 이런 낭자를 다 만나 봅니다. 황후폐하께옵서는 사악한 계집에게 홀리신 황제폐하의 성심[5]聖心을 돌릴 만한 처자를 구하고 계십니다. 어떻습니까? 이 궁인이 뒷배를 잘 보아줄 터이니 댁의 따님을 궁으로 들여보낼 생각은 없으십니까? 마마께옵서도 특별히 보살펴 주실 것입니다."

---

4. 중국의 궁녀.
5. 임금의 마음.

"마마님의 청은 미천한 저희 집안으로선 만 번 고마운 것이어서 정녕 몸 둘 바를 모르겠습니다. 그러하오나 한 번 궁인이 되고 나면 다시는 범상한 삶을 누리지 못할 것인데 그 일을 어찌 쉽사리 결정할 수 있겠습니까?"

"만약 이 댁 낭자가 여염의 사내에게 시집간들 반드시 그 삶이 범상하리라 어찌 장담할 수 있겠습니까? 궁으로 들어와 천행으로 승은을 입사와 아기씨를 생산하시면 부귀영화가 그 한 몸에 몰릴 것입니다. 게다가 황후폐하와 이 늙은 궁인이 든든히 후원할 것이니 무엇을 걱정하십니까?"

"그렇더라도 이런 중요한 일은 우선 당사자에게 의향을 물어보아야겠지요. 신생아, 네가 정녕 궁에 들어가 낮에는 향일화[6]向日花처럼, 밤에는 월견초[7]月見草처럼 폐하만을 우러러 사모할 수 있겠느냐? 여염의 지아비에게 시집가면 어쨌거나 조강지처가 될 수 있으나 한 번 궁에 갇히면 죽을 때까지 음양의 이치를 모르고 베개나 벗 삼아야 할지 모르느니 네 생각은 과연 어떠하냐?"

"소녀는 어머님께서 결정하시는 대로 따를 뿐이오나 하명을 받자와 짧으나마 제 소견을 말씀 올리겠사옵니다. 구중궁궐의 마마님께서 아무 연고 없는 저희 집안을 찾아오신 것이 이미 천명일 듯하옵

---

6. 해바라기.
7. 달맞이꽃.

니다. 사람으로 나서 천명에 순응하지 않을 도리가 있겠사옵니까?"

점쟁이의 말이 있은 직후에 이런 일이 있고 보니 모친도 쉽사리 체념이 되는지라. 딸 시집보낼 때 주려고 차곡차곡 모아 둔 예단과 세간 일체를 내어주다가 죽은 영운선생과 감생을 떠올리고는 하염없이 눈물 흘리더라. 신생 또한 눈물 흘리며 두 번 절하고 반드시 보은할 것을 맹세하더라.

신생이 여어의 인도로 황후를 뵈옵고 그 자리에서 황제궁의 지밀[8]至密로 임명받았으니, 서너 살 때 입궁하여 오래도록 궁궐살이 법도를 익힌 내인도 지밀이 되기란 쉽지 않은데 하물며 갓 입궁한 신생이 지밀 봉사를 하게 되었다는 것은 그야말로 황후의 은덕이었어라. 황후는 유한정정[9]幽閑貞靜하고 단엄침중[10]端嚴沈重한 요조숙녀로 만복을 누려도 오히려 부족한 성덕을 지녔으나 무릇 어진 사람이 귀신의 시기를 당한다는 옛말과 같음이니 동뢰연[11]同牢宴을 행하고도 십 년 넘도록 생산의 길을 열지 못하고 있었더라.

황제가 찾지 않는 궁은 쓸쓸하기 절간과 진배없었는데, 후궁 융의 거처는 오뉴월 마구간에 파리떼 꾾듯 문전성시라. 융은 원래 황후를 모시는 궁인이었다가 재작년에 황제의 승은을 입고 작년에 공주를

8. 침전 내인.
9. 마음씨가 얌전하고 정조가 바름.
10. 단정하고 엄숙하며 침착하고 무게 있음.
11. 첫날밤.

출산한 여인인데, 근래에 두 번째 회임을 했고 이번에 황자를 낳으면 황후를 폐하고 스스로 정궁正宮이 되겠다는 참람[12]僭濫한 야욕을 추진하고 있는 이라.

하늘을 보아야 별을 딴다는 말이 있으니 황제가 융의 처소에서 나오지 않는데 황후가 무슨 수로 회임할 수 있으리. 못 속의 물고기가 아무리 아름다운들 사랑하는 이 없으면 별무소용이요 아무리 못났어도 아껴 사랑하는 이 있으면 무엇이 부족할 것인가.

융의 처소에 옥이라는 내인이 있으니 신생과는 동갑에다 동향 사람이라. 신생이 비밀히 옥을 불러내어 고향 이야기를 나누며 더불어 한참을 울고는,

"옥아, 궁살이가 이토록 적막강산일 줄이야 내 몰랐구나. 모르니까 왔지 알고야 왔을까? 우리를 궁에 들여보내실 적에 우리 부모님 심정은 어떠셨을까? 한편으로는 걱정하시면서도 한편으로는 기대가 크셨을 것이야. 그런데 우리가 이렇게 속절없이 늙으면 우리네 어머님들 속이 얼마나 상하실까?"

하니 옥이 문득 눈 비비고 신생을 다시 보며,

"나는 융 마마를 가까이서 뫼시며 수없이 폐하의 눈길을 받았음에도 원체 인물이 그저 그만한지라 될 일도 안 되었다만, 오늘 보니 신

12. 분수에 넘쳐 너무 지나침.

생 너는 월서시[13]月西施가 오히려 시기할 수화폐월[14]羞花閉月 절세가인이라. 내 힘써 너를 도울 터이니 너는 훗날 나를 잊지 말라. 사흘 후 회임하오신 융 마마를 위하여 어의가 진맥을 받들 것이니 황자의 탄생을 손꼽아 기다리시는 폐하께오서 반드시 임어하시리라. 살갗이 몹시 가려워 밤잠을 못 주무신다는 증상을 이미 전했으니 어의가 필시 알맞은 약재를 시탕하리라. 내가 그때 뒷바라지하는 의녀를 매수할 터이니 너는 그 의녀 대신 어의의 심부름을 맡되 일부러 약사발을 떨어뜨려 폐하의 눈에 띄게 하라. 융 마마 때문에 성총[15]聖聰이 어두워지셔서 그렇지 폐하께옵서는 장차 천하의 주인이 되실 분으로 인명을 중히 여기시는 분이라. 큰 벌은 없을 것이다마는 사람의 일은 알 수 없어 혹 출궁을 당할 수도 있으나, 이러고 사느니 차라리 출궁 당해 바깥 공기라도 맘껏 쐬는 편이 나을 수도 있지 않겠느냐?"

"그렇고말고. 네 말이 맞다. 고맙구나, 옥아."

마침내 사흘이 지나 어의가 진맥에 나서니 어의와 융 사이를 교통하는 사람은 곧 의녀 영실인데 미리 옥을 통해 채단과 팔찌에 매수된 영실이 궁을 목전에 두고는 큰 병인 체하고 쓰러져 버린지라. 혹

13. 월나라 출신의 전설적인 미인.
14. 꽃도 부끄러워하고 달도 숨는다는 뜻으로, 여자의 아름다움을 비유하는 말.
15. 임금의 총명

제 시간에 대지 못하여 황제의 비위를 거스를까 애가 단 어의가 마침 그 자리를 지키고 섰던 신생에게 의녀 옷을 입히어 심부름을 시키더라.

신생이 남 몰래 우러러 보니 융은 과연 경국지색, 웃음기 하나 없이 새치름한 자태가 영락없이 서주西周 포사[16]의 환생이라. 황제가 수심 가득한 눈빛으로 융의 두두룩한 복부를 바라보니 융의 권세가 이에서 나옴이라. 신생 또한 생명을 경외하는 마음이 간절하므로 일부러 약사발을 떨어뜨리려던 마음을 고쳐 오히려 정성을 다해 융의 약시중을 드니 그 마음의 진실함이 겉으로 드러나는지라. 하늘이 내린 자색에 착한 마음이 더하여 형언하지 못할 아름다운 기운을 사방으로 뿜으니 황제의 시선이 절로 신생에게 가 닿더라. 이로써 신생의 형색이 성심에 자리를 잡았으나 황제는 오직 황자의 순산을 위하여 융이 성낼 일을 하지 않더라.

이윽고 달이 차서 온 궁중의 이목이 집중된 가운데 황자를 낳았으나 온전치 않아 칠 일 만에 숨을 쉬지 않으니 쓸쓸하기 짝이 없는 처지를 한탄하던 황제가 문득 황후를 떠올리고는 근 이태 만에 정비正妃를 찾았더라. 황제를 맞이한 황후가 일호도 원망의 마음을 내비치

16. 유왕이 포국을 토벌하였을 때 포인이 바친 여자여서 포사라 하였다. 유왕은 웃지 않는 포사를 웃기려고 때 없이 봉수를 올려 제후들을 불러 모았다. 급히 달려 온 제후들이 황당해 하는 모양을 본 포사가 비로소 웃었다. 이런 일이 반복되자 나중에 진짜 반란군이 침입해 왔을 때는 제후들이 전혀 오지 않아 서주는 망하고 말았다.

지 않고 한결같이 겸공비악[17]謙恭非惡한 성덕을 보이시매 수월관음[18]水月觀音이 예 있음이니 하늘인들 어찌 감동하시지 않겠는가.

이윽고 황후가 회임하니 온 천하가 기뻐하고 흠선[19]欽羨하되 오직 한 사람 융만이 교아절치[20]咬牙切齒 주야로 저주하고 참렬[21]慘烈한 짓을 획책하더라. 융의 하는 짓을 볼 요량이면 우선 갖가지 저주 방정을 다하니 그 궁흉극악窮凶極惡함이 고금에 비할 바 없더라. 요악한 무녀 넷을 불러들여 궁 한 쪽에 신당을 꾸미고는 하루 세 번 황후의 죽음을 축원하고, 날마다 볏짚 인형을 만들어 황후의 생년월일시를 써 붙이고는 그 위에 무수히 바늘을 꽂아서 몰래 황후궁에 묻고, 금은보화로 침방 내인을 매수하여 황후의 옷 속에 어린아이의 두개골 가루를 뿌려 넣고, 황후의 초상을 그리어 검은 해초로 칭칭 감아 묻었더라. 또 황후가 대경大驚하여 낙태하도록 후원을 산책하는 시간에 담장 너머로 죽은 괭이를 던지고 발가락 달린 어린아이의 발까지 던지었으니 사람 모양으로 나서 그만치 흉악하기도 쉽지 않을 터이라. 그러나 옥이 신생에게 통기하여 황후에게 요얼[22]妖孼이 미치지 않도록 당부한 덕으로 참혹한 일은 발생하지 않았더라.

---

17. 자기를 낮추고 남을 높이되 악하지 않음.
18. 달이 비친 바다 위에 한 잎의 연꽃이 선 모양을 한 관음보살상.
19. 우러러 공경하고 부러워함.
20. 어금니를 깨물고 이를 갊.
21. 아주 참옥하고 끔찍함.
22. 요악한 귀신의 재앙.

달을 채워 황후가 황자를 낳으니 하늘이 사람을 가리어 복을 주심이 이와 같더라. 온 궁중에 웃음소리 진동하며 아기씨의 재롱에 천안[23]天顔이 환하기 마치 태양과 같았더라.

오로지 융 혼자 제 분에 못 이겨 악에 받친 나머지 천만 가지 요술과 묘기가 다 별무소용이 된 것을 탓하여 무녀들을 때려 죽이고 인두로 지져 죽이고 칼로 베어 죽이고 끓는 기름을 부어 죽이니 미인의 잔혹한 행실로 이보다 더할 데가 없더라. 구미호가 변신했다는 저 은나라 요부 달기[24]라 할지라도 융 앞에서는 울고 가지 않겠는가. 종국에는 제 어린 딸까지 짐독으로 살해하고 황후에게 그 죄를 뒤집어씌우려 획책하니 권세를 차지하기 위해 자식을 죽이는 경우가 무조[25]말고 또 있었던가.

융이 내관을 매수하여 황제에게 딸의 억울한 죽음을 알리고 황제의 부름을 받아 나아감에 이르러서는 거짓 울음을 울고 짐짓 실신하기까지 하는데 그 모습이 어찌나 구슬프고 아름다운지 내막 모르는 이들은 모두 눈물을 흘리며 황후의 잔악함을 원망하더라. 더구나 목숨을 귀히 여기는 성심이 동요치 않을 수 없으니 차마 사람 형상을

---

23. 임금의 얼굴.
24. 은나라 멸망의 원인을 제공한 희대의 미녀. 주지육림과 포락지형이란 말이 달기의 시대에 나왔다.
25. 중국 당나라 때의 여제 측천무후. 당 고종의 후비로 고종 사후에 그의 아들 중종과 예종을 폐하고 스스로 제위에 올랐음.

한 어미가 제 손으로 제 아이를 죽였을 거라고는 상상할 수조차 없었던 까닭이라. 마침내 천자가 교지 내리기를, 황후가 비록 황자의 생모라 하나 만백성의 어머니로서 갖추어야 할 덕을 팽개치었으니 폐후廢后하노라 하더라. 놀란 신생이 죽음을 무릅쓰고 먼저 전후사정을 소상히 살피시라 진언하나 오히려 불난 데 풀무질하는 격이라. 감히 더 아뢰지 못하고 물러난 신생이 심복 내인을 시켜 죽첨[26]竹籤에다 흰 밥을 발라 남몰래 융의 처소 안으로 던지니 이는 옥과 약속해 둔 바라. 옥이 그날 밤을 도와 신생에게로 오니 이는 의리를 위하여 목숨을 내놓은 소위라.

신생이 눈물 흘리며 말하기를,

"지금 겉보기로는 황후폐하의 정상이 바람 앞의 촛불과 같이 위태롭고 융이 옛 총애를 되찾을 듯하나 성인의 말씀에 요불승덕[27]妖不勝德이라 했느니 나는 비록 죽더라도 덕을 잊지 않음으로써 후세에 향명香名을 남기려 한다. 내 너에게 묻노니 네가 정녕 나와 더불어 죽음을 각오하고 황후폐하와 이 나라를 위하여 저 흉패한 여인이 저지른 행악을 천자께 낱낱이 고하고 흉물 있는 장소를 일일이 아뢰어 바칠 수 있겠느냐?"

하니 옥 또한 눈물 흘리며 말하더라.

---

26. 얇게 깎은 댓조각.
27. 요사스러움이 덕스러움을 이기지 못함.

"나 또한 죽음을 각오하였다. 만일 죽을 각오가 없었다면 이 밤중에 너에게로 나아올 수 있었겠느냐?"

"오늘 너와 내가 한 고향 사람으로 눈앞의 이해를 따르지 않고 도의를 따르려 결사하니 죽어서도 이 마음 변치 말자꾸나. 내가 다섯 손가락에서 나온 피로 봉장[28]封章을 지을 터이니 너는 날이 새면 나와 함께 천자께로 나아가자. 국문[29]鞠問을 하시오면 수굿이 받자올 것이나 어떠한 모진 형신刑訊을 받더라도 충후忠厚하신 우리 황후폐하를 배반해서는 안 될 것이다."

이에 신생이 은장도로 오른쪽 다섯 손가락의 끝을 모두 베어 피를 짜내어, 태산 꼭대기에 내린 첫눈처럼 흰 비단에다 일필휘지 혈서를 써 나가니 글씨는 학의 걸음걸이며 문장은 이른 봄 활짝 핀 매화나무라. 귀신이 돕지 않고서야 어찌 그리할 수 있겠는가.

다음 날 새벽닭이 울고 먼동이 터 오를 제 신생이 옥을 시켜 천자가 침수 든 융의 처소로 가서 옥의 일가 오라범인 이내관을 불러내어 혈서를 전달케 하고는 곧 머리 풀고 석고대죄[30]席藁待罪를 하더라. 이내관은 혹여 융의 수하 내관에게 봉장을 빼앗길까 극히 조심하며 천 번 눈치를 보고 만 번 기회를 엿보았으니 천자가 융의 처소를 나

28. 임금에게 바치는 글.
29. 몽둥이로 죄인을 심문함.
30. 거적을 깔고 엎드려 처벌을 기다림.

서 보련[31]寶輦에 오른 다음에야 비로소 신생이 쓴 혈서를 올리더라. 핏물로 쓴 서찰에 눈물 또한 얼룩져 있으니 천자가 크게 놀라 급히 읽고는,

"지금 당장 신생과 옥을 불러 저주 흉물을 발굴하라 이르라."

하더라.

천자의 명 받아 신생과 옥이 수하 내인들과 함께 맹인盲人 점쟁이를 앞세워 황후궁 주변에 파묻힌 흉물부터 발굴하기 시작하여 신생궁 담장 아래에서 흉물을 다 찾아내는 데에 이틀 밤낮이 걸리더라. 그 흉물들을 한 군데 모아 놓으니 가위 작은 동산이라. 온 궁중이 끔찍이 여기어 쳐다보기를 무서워하더라.

천자가 당신의 경솔한 거조를 거듭거듭 후회하며 폐후의 사저에 복위 교서와 황금 채연[32]彩輦을 보내었으나, 아아 하늘도 무심하시어라. 이미 오래된 저주 방정에 사기邪氣가 침노해 골절을 상해 있었던 터에 폐후된 충격이 더치어 심혈이 굳어 통하지 않고 어린 황자 그리운 정이 애간장을 마디마디 끊어 놓으니 그로써 크게 앓다 사흘을 못 넘기고 승하하더라.

신생이 침식을 잊고 의녀처럼 간호할 적에 황후가 옥루玉淚 비 오듯 흘리며 신생의 손을 잡더니 유언 남기기를,

31. 임금이 타는 가마.
32. 가마.

"부디 우리 황자를 돌보아 다오. 내가 구천지하에서도 보답하리라."

하니 그 유언을 전하여 들은 천자가 후회막급, 가슴을 치며 통곡하고는 융을 죽이고 그 일족을 멸하더라.

이 해에 국운이 불행하여 북방의 흉노족이 창성하니 천자가 보낸 대군이 잇따라 패함이라. 천자가 백성들이 울부짖는 참상을 차마 보지 못하고 흉노족에 화친을 청하니 오랑캐들이 어린 황자를 인질로 요구함이라. 신생은 대행[33]大行 황후의 유지를 받들어, 황제에게 눈물로 청하기를,

"만에 하나 황자 아기씨께 변고라도 생기면, 소인이 죽어서 무슨 면목으로 대행 황후폐하를 뵈올 수 있으리까? 소인이 시위내관[34]으로 변장하여 어리신 황자 아기씨를 기필코 지키겠나이다. 소인의 충정을 가납하여 주시옵소서."

황제가 처음에는 불허하다가, 신생이 죽기로 간원하니 마침내 들어주더라.

이에 신생이 시위내관 복장을 하고 유모, 보모와 함께 주야로 가장 가까운 자리에서 황자를 모시니 흉악한 무리들이 감히 접근하지 못하더라. 덕분에 이역만리 오랑캐 땅에서도 황자가 무럭무럭 자라

33. 임금이나 왕비가 죽은 뒤 시호를 정하기 전에 이르던 칭호
34. 왕 또는 왕의 가족을 아주 가까이에서 호위하는 내관.

보령寶齡 칠 세에 이르렀더라.

황제가 황자와 신생을 그리워하다 그리움이 병이 되어 한밤중에 후원을 거니노라니, 하늘에서 학 한 마리가 내려와 황제 앞에 잉어 한 쌍을 놓아두더라. 황제, 급히 시종을 시켜 뱃속을 열어 보라 하니 과연 신생의 편지라. 신생이 오랑캐 무리의 국모와 깊이 사귀어 마침내 황자와 더불어 귀국할 길을 열었다는 소식이니 가히 온 나라의 경사라.

황제, 신생과 황자의 귀국 행렬을 친히 마중하며 가로되,

"신생은 저 한나라 때의 소무[35]蘇武와 같은 충신이라."

하며 크게 칭찬하고, 비밀히 신생의 귀에 속삭이기를,

"칠 년 그린 고운 님을 이제야 보는구나."

하더라.

황제가 신생을 황후로 책봉하고 남양 땅 사는 신생의 모친을 황궁에 불러 큰 잔치를 열어 주더라. 이후 모친이 만나는 사람마다 말하더라.

"이제 와 돌아보니 영운선생은 천하에 쓰잘머리 없는 걱정을 하다 명을 재촉했으니 어리석기 짝이 없는 영감이요, 감생은 만 번 잘하다가 단 한 번 실수한 것 가지고 생목숨을 끊었으니 불효하기 짝이

35. 한나라 무제 때에 사신으로 흉노에 갔다가 19년 동안 붙잡혀 있었다. 갖은 고생을 하면서도 끝내 한나라에 대한 충절을 지킨 덕분에 후세에 충신의 표상으로 칭송받았다..

없는 자식이라. 신생은 남이야 뭐라든지 꿋꿋이 제 살 길을 열었으니 이 아니 훌륭한가."

새 황후가 지성으로 천자를 보필하고 황자를 돌보니 백성이 다투어 그 숙덕을 칭송하더라. 신생이 내인 시절부터 여러 모로 도움을 준 옥에게는 금은보화를 많이 주어 제 고향으로 돌아가 부모친척을 만나게 하고 마땅한 호남자와 짝지어 인륜을 갖추게 하니 옥이 황공감읍, 또 감읍하더라.

황제 춘추 오십 세로 승하할 때까지 오로지 황후를 사랑하여 국사 여가에는 반드시 황후와 더불어 금슬지락을 안향安享하니 한 아드님과 한 따님을 더 얻더라.

인명은 재천이라, 황제가 감환이 더치어 두어 달을 끌더니 청천벽력같이 승하하고 영민한 태자 황위를 계승하되 보령 겨우 십이 세라. 대소신료들의 주청으로 황태후 섭정을 맡아 효제孝悌 · 구현求賢 · 납간納諫 · 임장任將 · 치군治軍 · 애민愛民 여섯 가지 실효를 힘써 행하고 사치와 허례를 독사같이 싫어하니 백성들이 "나라에 복이 있어 요순 같은 여제가 나타나셨다." 이르며 만세를 부르더라. 황태후 팔 년을 수렴청정하고 물러나 여러 후손들의 효경을 일신에 받으며 아흔 수를 누리고 승하하니 세상에 그런 복이 없더라.

– 클릭.

전생 프로그램을 닫자, 대화방이 떴다.

– 님아, 어땠어?

– 먹먹…….

– ㅎㅎㅎ 누구한테 감정이입이 되었니?

– 영운선생이요.

– 그래? 신생이나 감생일 줄 알았는데?

– 영운선생은 초장에 죽잖아여. 근데 이상하게 영운선생의 눈으로 감생과 신생을 보게 되더라구여.

– 그랬더니?

– 감생이 죄책감 때문에 죽을 땐 가슴이 너무너무 아파서 진짜루 미칠 것 같았어여. 글고 신생이 막 잘나가니깐 얼마나 대견하고 벅차던지.

– 그랬어?

– 울 아빠도 이런 마음일까요?

– 그리고?

– 몰라요 ㅠㅠ.

– 모르긴. 다 알면서. 님아, 아빠 눈으로 님을 봐 봐. 님이 아빠한테 미안해서 죽는다는 건 절대로 아빠를 위하는 마음이 아니야. 제 마음 잠깐 편하자고 하는 짓일 뿐이지. 현실도피라구 들어 봤지?

그런 거야. 내가 이 일에 나서게 된 사정, 님도 잘 알잖아? 나도 사는데 님이 왜 못 살아? 님은 살 자격이 있어. 그저 이 세상에 빚을 졌을 뿐이야. 평생 갚아야 할 빚이긴 하지만, 살면서 갚아 나가면 되지 뭐. 죽고 싶을 때마다, 아빠의 맘으로 생각해 봐.

– …….

– 당장 갈 데 없으면 우리 쉼터로 와. 마루가 달리 마루게? 님 같은 암사자가 드러누워 쉴 수 있어야 진짜 마루지.

– …….

– 기다릴게.

젖과 독

미쳤구나. 내가 미쳤어. 아주 단단히 미쳤어.
내가 이 모양이니 아바마마께서 나를 미워하시고 꾸중하시지.
생쥐 같은 놈은 바로 내가 아닌가. 아바마마라는 고양이 앞에 서면
늘 생쥐처럼 벌벌 떨지 않는가 말이다.

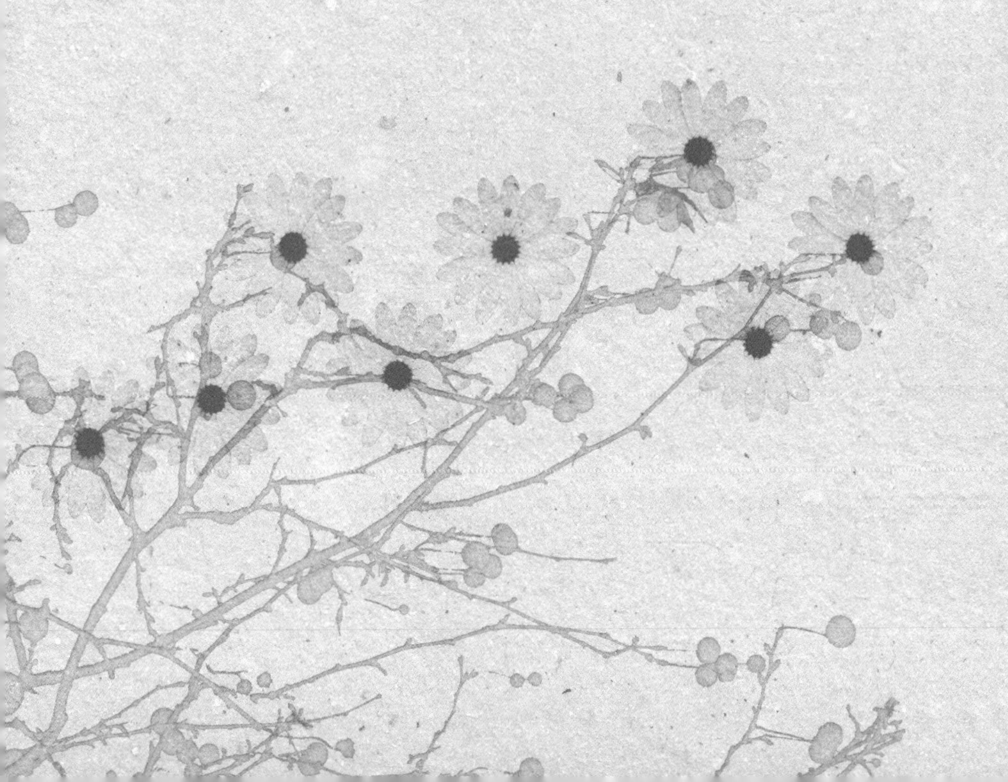

“저하, 아침 문안 여쭈올 시각이 한참이나 지났사옵니다. 어찌 이리 지체하시나이까? 빈궁마마께서 소세 단장 끝내시고 기다리신 지 오래이옵니다.”

오상궁이 윗목에 꿇어앉은 채 벌써 열 번 넘어 재촉이다.

“조금만 더 자겠다고 하지 않는가? 제발 좀 그만하시게.”

“빈궁마마께서 심려 극심하시옵니다. 통촉하시옵소서.”

“빈궁 혼자 가라 하게. 나는 좀 내버려두고.”

“저하께옵서 앞장서지 않으신다면 빈궁마마가 어찌 홀로 가시겠사옵니까? 그런 법은 없사옵니다.”

“에이.”

세자는 병풍 쪽으로 돌아누우며 이불을 머리끝까지 뒤집어쓴다. 그랬는데도 세수간 나인이 물을 다시 데워 오느라 장지문을 여닫고 무렴자[1]를 걷는 사품에 따라 들어온 겨울바람이 세자의 코끝을 스치고 어깨를 웅크리게 하고 장딴지가 떨리게 한다. 꼭 부왕의 숨소리같이 냉랭하고 날카로운 한겨울 바늘바람이다. 부왕의 숨소리를 떠올리자마자 끈적끈적 꿀처럼 달라붙던 잠이 쿵, 저만치 떨어져 나간다.

"저하, 효성은 성군의 으뜸가는 자질이옵고 혼정신성[2]昏定晨省은 효성의 기본이옵니다. 저하께서는 장차 이 나라 조선의 대통을 이어받자와 만백성의 어버이가 되실 국본[3]國本이시오니 효성을 갈고 닦으시는 일에 추호도 나태함을 보이시면 아니 되옵니다. 통촉하시옵소서."

오상궁이 또 한 번 머리를 조아리며 목소리를 높인다.

"알았네, 알았어. 귀에 딱지 앉겠네. 이제 그만 좀 하시게."

세자는 벌떡 일어나 앉으며 머리를 흔든다. 뒷골이 당기고 쑤신다. 어의御醫들이 주는 탕약을 날마다 마셔도 낫지 않는 고질병이다.

세자가 일어나자마자 여러 지밀 나인들과 세수간 나인들이 일개미 떼처럼 질서정연하게 움직이기 시작한다. 지[4]와 매우틀[5] 시중을 해 주는 이, 세숫대야를 대령하고 수건으로 닦아 주는 이, 머리를 빗겨 주고 기름 발라 말끔히 상투 틀고 휘항[6]揮項을 씌우는 이, 속옷부

---

1. 추위를 막기 위해 창문이나 장지문에 치는 가리개.
2. 아침저녁 문안.
3. 세자를 가리키는 말.
4. 요강.
5. 변기.
6. 방한모자.

터 겉옷까지 갖추갖추 의대를 입혀 주는 이, 족건[7]足巾을 신기고 대님을 매어 주는 이 등이 한시도 지체함 없이 손발을 움직인다. 그런데도 오상궁은 나인들을 다그친다.

"일각이 아까우니라. 어서어서 차비를 끝마치지 못하겠느냐?"

보모상궁으로 아기 적부터 세자를 보살펴 온 오상궁은 세자가 지난번처럼 문안에 늦어 부왕의 분노를 살까 노심초사하느라 밤새 한숨도 눈을 붙이지 못한 터수다.

세자가 문안 차비를 하고 창경궁 저승전儲承殿 동온돌을 나서자마자 빈궁이 서온돌을 나와 뒤따른다. 다리[7]를 넣어 풍성하게 빗어 올린 새앙머리에 온갖 보석이 박힌 도투락댕기를 늘어뜨린 빈궁의 얼굴에는 벌써부터 피로가 가득하다. 가느다란 목이 머리 무게 때문에 자꾸 기우뚱 넘어가려 한다.

저러다 목 부러지면 어떡하지?

세자는 그런 빈궁의 모양이 안쓰럽다. 하지만 꼭두새벽에 잘도 일어나 은근히 세자를 압박해 대는 짓은 영 밉살스럽다. 배우자에 대하여 안쓰러우면서도 미운 감정이 일기는 빈궁 쪽에서도 마찬가지다. 부왕에게 늘 꾸중만 듣는 세자가 안쓰럽기 그지없다가도 문안이든 학문이든 전심으로 매진하지 않고서 자꾸 게으름 피우고 한눈파

7. 버선.
8. 가짜 머리.

는 모양은 밉다. 인주[9]人主가 될 몸으로 어찌 저럴까 싶다.

"빈궁은 이 새벽에 일어나기가 쉬운가 봅니다?"

"아니옵니다. 법이 엄하고 대전[10]大殿마마가 하도 무서워서 눈이 절로 떠지는 것이옵니다."

종종걸음으로 세자를 뒤따르는 빈궁의 입에서 하얀 김이 피어오른다. 솜을 두어 누빈 겹 당의 차림이지만 동짓달 어둑새벽의 검푸른 냉기는 견디기 어려운지 어깨를 잔뜩 옹송그리고 파르르 떤다.

열세 살 동갑인 두 사람은 아홉 살에 혼인하여 사 년을 한 지붕 밑에서 동고동락한 엄연한 부부이다. 아직 합방은 하지 않았으나 미운 정 고운 정이 웬만치는 들어 있다.

동궁의 문안 행차가 창덕궁 대조전大造殿에 들어서자 대령상궁이 목을 길게 빼고 아뢴다.

"마마, 동궁에서 문안 아뢰옵나이다."

"크흐음. 들라 일러라."

가래 끓는 소리가 섞여 더욱 침중한 부왕의 음성을 듣자 세자의 몸은 발바닥에서부터 뻣뻣하게 굳어 올라와 혀뿌리까지 감각이 없어진다. 인중 위쪽과는 완전히 따로 노는 느낌이다.

숨은 쉬어지니 다행인가?

9. 임금.
10. 임금.

아니야. 숨까지 못 쉬어야 쉴 수 있지. 숨을 쉬는 한 내 몸이 어디 쉴 수 있는 몸이던가.

그렇게 뻣뻣하게 굳었는데도 침전 문턱을 넘어 들어가 빈궁과 함께 부왕에게 절하고 이어 세자 자신보다 다섯 살밖에 많지 않은 계모인 중전에게 절하고 얌전히 꿇어앉아지는 것을 보면 몸뚱이란 참 신기로운 물건이다. 게다가 입은 절로 달싹거려지며 말을 만들어 낸다. 소리가 턱없이 작기는 하지만.

"소자 문안 여쭈옵나이다. 간밤에 침수 편안하셨사옵니까?"

부왕의 눈길이 세자의 정수리를 뚫을 듯 따갑게 내리꽂힌다.

"이 나라 조선의 미래를 짊어진 네가 이리도 불충할진대, 아비인 내가 어찌 잠을 편히 잘 수 있으리? 부모를 문안하는 음성이 파리나 모기처럼 앵앵거리니 이 어찌 된 영문인고? 낯빛은 또 어찌하여 도살장에 끌려가는 축생의 표정인고? 마음에 없는 문안을 억지로 하려니 그런 것이렷다? 옛날 문왕세자가 부모를 문안할 때 너처럼 그리하였더냐?"

"……."

세자는 아무 말 못하고 머리만 더 깊이 조아린다. 침묵이 길어지자 빈궁은 가늘게 떨기 시작한다. 떠는 양을 들키지 않기 위해 아랫입술을 피가 나도록 깨문다.

"아비가 묻는데 어찌 대답을 않는 것이냐? 만일 너에게 딴 마음이 없다면 어찌 이리 할 수 있느냐?"

딴 마음이라니. 이것이 무슨 말인고? 세자가 먹을 수 있는 딴 마음이란 역천[11]逆天밖에 없다. 역천은 곧 죽음이다. 빈궁은 눈앞이 노래진다. 부자 사이에 차마 나올 수 없는 말이다. 세자도 놀랐는지 퍼뜩 고개를 들었다 부왕과 눈길이 마주친다.

"아바마마, 소자가 미거하여……. 소자가 잘못했사옵니다. 죽여 주시옵소서."

세자가 죄지은 신하처럼 이마를 바닥에 찧을 듯 깊이 엎드린다. 빈궁도 세자를 따른다.

"모두 소인이 부덕하여 저하를 제대로 보필하지 못한 탓이옵니다. 저하를 용서해 주시고 소인을 죽여 주시옵소서."

빈궁의 목소리에는 울음기가 가득하다. 말을 마치자 그예 경단 같은 눈물이 툭툭 떨어진다.

"마마, 좁은 소견으로 아뢰옵기 황송하오나 세자 내외가 잘못을 알고 저리 간절히 사죄하니 그만 노여움을 거두시옵고 관서寬恕를 베풀어 주시옴이 가할 듯하옵니다."

어린 중전이 한 마디 거든다. 왕은 조금 당황한 듯 가래침을 삼킨다.

"크흐음."

---

11. 하늘의 뜻을 어김. 즉, 반역을 꾀함.

세자와 빈궁은 엎드려 숨죽인 채 이제 물러가도 좋다는 한 마디 옥음玉音이 떨어지기만을 일촌간장一寸肝腸으로 기다리나, 왕은 한참 동안 눈을 부라리며 말이 없다. 왕의 침전인 대조전에서 거침없이 자유로운 것은 오직 왕의 시선과 왕의 숨소리뿐이다.

"그래, 맹자는 어디까지 읽었느냐?"

"예?"

세자가 되묻자 왕의 음성은 다시 높아진다.

"맹자는 어디까지 읽었느냐고 묻지 않느냐?"

"마, 만장萬章을 읽고 있사옵니다."

"마침 잘 되었구나. 만장 상편 제 일장이 무엇에 관한 내용이더냐?"

"순임금의 효성에 대한 내용이옵니다."

"마지막 문장을 외워 보아라."

"……대효종신모부모 오십이모자 여어대순견지의大孝終身慕父母 五十而慕者 予於大舜見之矣이옵니다."

"뜻을 말해 보아라."

"큰 효자는 평생토록 부모를 사모하니 나이 오십이 되어서도 부모를 사모한 이가 바로 위대한 순임금이시라는 의미이옵니다."

답하는 세자나 빈궁이나 속으로 안도의 한숨을 내쉰다. 다행히 문장과 그 해석이 생각났기에 망정이지 안 그랬으면 어떤 불벼락이 떨어졌을지 알 수 없는 노릇이다.

"그래서 너는 어떤 통렬한 깨우침을 얻었느냐?"

"……."

예상치 못한 질문에 세자는 머뭇거린다. 등줄기로 식은땀이 흐른다.

"제왕이 될 자의 자질이 어찌 이 모양인고? 공부를 족장[11]足掌으로 하지 않고서야 이럴 수 있단 말인가? 일찍이 선왕들은 한 가지를 배우고도 열 가지를 깨우쳤거늘 너는 열 가지를 배우고도 한 가지를 깨우치지 못하니 참으로 답답한지고. 너의 학문에 이 나라 조선의 미래가 달려 있느니, 내일부터는 네가 한 가지를 배우고 그 한 가지를 깨우치지 못할 경우 시강원[12]侍講院 관리들에게 너를 제대로 보도하지 못한 책임을 묻겠노라. 석강[13]夕講이 끝난 다음에는 삼경[14]三更이 지나도록 홀로 깨우침을 위하여 복습하다 잠자리에 드는 것이 우리 왕조의 가풍일진대 네가 오늘 이 모양으로 막혀 있는 것은 가풍을 거스르고 일신의 편함만을 추구하여 힘써 깨우침을 궁구窮究하지 않은 탓이 아니고 무엇이겠느냐? 기환아, 기환이 밖에 있느냐?"

세자는 가슴이 철렁한다. 김내관이 아니라 기환이라니 무슨 일이 벌어질지는 안 봐도 알조다. 동궁 소속의 최고참 내관 김기환은 왕

---

11. 발.
12. 조선 왕세자 교육을 담당하던 기관.
13. 저녁 공부
14. 밤 11시에서 오전 1시까지의 시간

보다 스무 살 이상 나이를 먹은 늙은이다. 부왕은 어린 세자를 대신하여 머리 허연 늙은 내관의 종아리를 때릴 참인 것이다.

"천신賤臣 대령하였사옵니다."

김내관이 왕 앞에 납작 엎드린다.

"네가 네 죄를 모르느냐? 어서 종아리 걷지 않고 무엇 하는 게냐?"

"천신이 망령되이 나이 먹어 세자 저하를 바르게 보도하지 못했사옵니다. 죽을죄를 지었사옵니다. 소신을 죽여 주옵소서."

김내관이 얼굴, 아니 온몸을 궁상맞게 일그러뜨리며 종아리를 걷는다.

세자의 귀에 빈궁의 치마폭에 떨어지는 눈물방울 소리, 바람을 가르고 김내관의 종아리 살을 찢는 회초리 소리가 천둥소리처럼 먹먹히 증폭된다. 세자는 고개를 깊이 숙인 채로 감히 들지 못한다. 이마에 언뜻언뜻 방바닥이 닿는다.

이대로 땅 속으로 꺼져 버렸으면.

꺼져서 영영 나오지 말았으면.

"장상궁, 나 좀 보게. 엊저녁 수라상에 올린 곽탕[15]藿湯을 오늘 또

15. 미역국.

올리니 이게 어찌 된 일인가?"

그 혼찌검이 나고도 빈궁은 언제 마음을 다잡았는지 대조전 소주방[16]燒廚房에서 시선[17]視膳에 여념이 없다. 빈궁의 눈썰미 있는 지적에 장상궁은 당황한 눈치다.

"황공하오나 어제 곽탕과 곰탕 두 가지를 올렸더니 곽탕을 드물게 많이 진어進御하셨사옵니다. 그래서 오늘 아침에는 숭어탕을 끓이고 또 곽탕을 끓여 두 가지를 올리고자 한 것이옵니다."

"어제 아무리 곽탕을 즐겨 진어하셨다 하나 보통 사람도 똑같은 음식이 연달아 나오면 반드시 식욕이 떨어지지 않는가. 하물며 대전 마마의 수랏상일진대 이런 일이 있어서야 되겠나? 숭어탕을 끓였거든 향긋한 나물 종류로 탕 하나를 더 끓이면 될 일이 아닌가. 차후에는 더욱 정성을 다하도록 하게나."

"여부가 있사옵니까? 마마의 지극하신 효심, 뼈에 새기겠나이다."

세자는 늙고 젊은 두 여인이 수작하는 양을 뻔히 바라보고만 있다. 의례적인 인사말이라도 할 수 있으면 좋으련만 도저히 그럴 기분이 아니다.

빈궁은 나보다 한참 더 강한 사람일세그려. 좀 전에는 곧 죽을 듯이 울더니 금방 또 저리 씩씩하게 효성스런 시선을 행하다니.

16. 대궐 부엌.
17. 아침저녁으로 부모의 진짓상을 돌보는 일.

나는 빈궁에 비하면 얼마나 꽉 막힌 사람인가. 차라리 저 수라에 어떤 역적이 독이라도 넣었으면 좋겠다는 생각을 하고 있지 않은가.

독!

그래, 독!

세자는 제풀에 놀라 흠칫 뒤돌아본다. '딴 마음'을 말하던 부왕이, 거봐라, 하며 그 살촉 같은 눈씨로 노려보고 있는 것 같아서다.

이런 끔찍한 생각을 다 하다니 아바마마께 날마다 꾸중을 듣는 것이 오히려 당연하지 않은가. 아니지. 꾸중 정도가 아니라 죽어 마땅한 아들이 아닌가. 역시 나한테는 성군의 자질이 없는 것이 확실해. 성군은 고사하고 역적의 기운이 있는 것이야. 아바마마는 과연 대단하신 성명[18]聖明을 가지셨군. 그러니 아침저녁으로 아들을 토역[19]討逆하시지.

세자는 화가 난다. 우선은 끔찍하게도 부왕의 수라에 독을 넣는 상상을 한 자신에게 화가 나고, 다음으로 자신이 이토록 흉포해지도록 만든 모든 것들, 그게 뭔지 정확히 짚지는 못하겠지만 어쨌거나 자신을 이 모양으로 만든 그 모든 것들을 향해 분노가 솟구친다. 온몸이 화로처럼 달아오르는 것 같다. 목이 탄다.

"영운아, 차가운 식혜 한 잔 가지고 오너라."

18. 왕의 판단력.
19. 역적을 침.

"예. 냉큼 대령하겠사옵나이다."

동궁의 젊은 내시 영운이 부리나케 생과방[20]生果房으로 달려가더니 살얼음이 떠 있는 식혜 잔을 나전칠기 소반에 받쳐 온다.

빈궁이 민첩한 걸음새로 다가오더니 영운을 제지한다.

"마마, 이 엄동설한에 찬 음료를 잡수셨다 행여 탈이라도 나실까 저어하옵니다. 몸소 예후[21]睿候를 챙기시는 것 또한 효도를 닦는 일이 아니옵니까? 장상궁, 이것을 좀 데워 주시게나."

빈궁의 입에서 '효도'라는 말을 듣자마자 세자는 목의 화기火氣가 정수리로 뻗치는 것을 느낀다.

"그만두어라. 나는 목이 말라도 음료 한 잔 내 마음대로 먹을 수 없는 사람인가?"

세자가 팔을 뻗어 소매를 떨치는 서슬에 장상궁이 영운에게서 받아들던 소반을 놓친다. 구름무늬 청백자 잔이 둔탁한 소리를 내며 대여섯 조각으로 깨어지고 식혜가 튀어 빈궁과 장상궁의 치맛자락을 적신다.

세자는 빈궁을 내버려 두고 함광문含光門을 빠져나오자마자 영운의 등을 주먹으로 내리치고 영운의 무릎을 발길로 내지른다.

"너는 누구의 영을 따르는 놈이냐? 내 말이 말 같지 않으냐?"

---

20. 대궐에서 별식을 맡아 요리하던 곳.
21. 왕세자의 건강.

"주, 죽을죄를 지었사옵니다, 마마. 살려 주시옵소서."

"살려 달라고? 생쥐 같은 놈. 네가 오늘 내 손에 죽으리라."

세자는 분풀이를 멈추지 않는다.

미쳤구나. 내가 미쳤어. 아주 단단히 미쳤어. 내가 이 모양이니 아바마마께서 나를 미워하시고 꾸중하시지.

생쥐 같은 놈은 바로 내가 아닌가. 아바마마라는 고양이 앞에 서면 늘 생쥐처럼 벌벌 떨지 않는가 말이다.

"오늘 저하께옵서 학문에 전심으로 진력하신다면 훗날 태평성대의 기반이 절로 다져질 것이옵니다. 바라옵건대 성인의 말씀을 깊이 새기시고 성인의 지혜를 따라 배우소서. 그럼, 어제 공부한 만장 하편 제 일장을 외워 보사이다."

시강원 보덕[22]輔德 윤학준이 낙선당 서쪽 벽 아래에 정좌한 채 동쪽 벽 아래에 앉아 있는 세자에게 지시한다.

"맹자왈 백이 목불시악색 이불청악청 비기군불사 비기민불사孟子曰 伯夷 目不視惡色 耳不聽惡聲 非其君不事 非其民不使. 지 비즉교야 성 비즉력야 유사어백보지외야 기지 이력야 기중 비이력야智 譬則巧也 聖 譬則力也 由射於百步之外也 其至 爾力也 其中 非爾力也."

22. 종3품 시강원 전임교수.

"물 흐르듯 외우지 못하시고 중간에 조금씩 막히셨사옵니다. 아직은 온전히 저하의 문장이 되지 않았사옵니다. 다섯 차례 더 외우소서."

당상관도 아닌 종3품 신하와 지존至尊의 권력을 이어받을 세자. 그러나 지금 이 낙선당의 조강[23]朝講 시간에는 엄연히 스승과 제자의 관계인 터라 제자인 세자로서는 마땅히 스승인 신하의 명에 따라야 한다. 다섯 번을 외우라면 다섯 번을 외우고 열 번을 외우라면 열 번을 외우는 수밖에 없는 것이다.

세자는 네 번 외우고 다섯 번째에 접어들며 저도 모르게 허리를 비튼다. 정4품 필선[24]弼善 신철용이 그 모양을 놓치지 않는다.

"저하, 방금 자세가 흔들리셨사옵니다. 자세는 마음에서 나오는 것이니 학문하는 자세는 학문하는 마음을 뿌리로 하여 심어 놓은 나무와 같이 흔들림이 없어야 하옵니다."

세자가 당장 허리를 곧추세운다.

"집대성이란 무엇을 가리키는 말이옵니까?"

정5품 문학[25]文學 김의진이 묻는다. 세자가 공손히 답한다.

"집대성했다는 것은 쇠북 소리로 시작하여 옥 소리를 떨쳐 냄으로

23. 오전 공부.
24. 정4품 시강원 전임교수.
25. 정5품 시강원 전임교수

써 끝맺는 것과 같습니다. 쇠북 소리라는 것은 조리 있게 시작한다는 것이고, 옥 소리를 낸다는 것은 조리 있게 끝맺는다는 뜻인데, 조리 있게 시작하는 것은 지혜로움이 하는 일이고 조리 있게 끝마친다는 것은 성덕聖德이 하는 일입니다. 공자님이야말로 집대성을 이루신 성인입니다."

외우라니 외우긴 했다만, 도대체 무슨 말인지 알 수가 있어야지. 쇠북 소리로 시작하고 옥 소리로 끝맺으면 집대성을 잘한다는 말이고 옥 소리로 시작해서 쇠북 소리로 끝맺으면 집대성을 못한다는 말인가?

나 같으면 때와 장소와 분위기를 잘 살펴서 쇠북 소리가 어울릴 것 같으면 쇠북 소리를 내고 옥 소리가 어울릴 것 같으면 옥 소리를 내겠어. 왜 공자님 같은 성인들은 그런 거 저런 거 다 무시하고 딱 한 가지만 옳다고 생각한 걸까? 그렇게 생각할 거면 자기네만 그렇게 생각하고 말지 왜 남들한테까지 강요한 걸까?

왜는 무슨. 생사람 잡으려는 심보였겠지. 덕분에 이천 년 뒤에 태어난 나까지 그분들 말씀 외우느라고 날이면 날마다 이 고생을 하잖아.

"참으로 잘 외우셨사옵니다. 앞으로도 결코 잊으시면 아니 되옵니다. 저하께서는 이 나라 조선의 미래를 책임지신 국본이시니 반드시 공자님과 같은 성인의 지혜와 성덕을 본받으셔야 하옵니다."

윤학준이 교재를 한 장 넘긴다.

"그럼 이제 주실반작록周室班爵祿을 공부하겠사옵니다. 소신이 먼저 한 번 읽을 터이니 저하께옵서는 열 번씩 따라 읽으소서."

열 번씩!

아이고 지겨워라.

도대체 주나라 왕실 봉록제도를 외우는 게 이 나라 조선의 미래와 무슨 상관이람. 지겨워 죽겠네. 지겨워 죽겠어. 못 외우면 아바마마께 죽도록 혼나니까 죽어라 외우긴 외워야겠지만 정말 지겨워 죽겠구먼.

내 참, 왜 이렇게 살아야 하는 거야? 꼭 이렇게 죽어라 외우고 죽도록 혼나면서 죽지 못해 살아야 하는 거야?

다르게 사는 방법은 없는 거야?

점심 수라를 들고 나면 곧바로 주강[26]晝講이 시작된다. 오늘 주강은 조강에 이어 유교 경전 공부다. 그야말로 심어 놓은 나무처럼 꼼짝없이 붙들려서 스승이 시키는 대로 공자왈 맹자왈 옛 성인의 언행을 외우고 또 외워야 한다. 그리고 밤에 복습하면서 자신의 생활과 관련하여 무언가를 깨우쳐야 한다는데, 세자는 도대체 그것들을 왜 외워야 하는지부터 이해하지 못한다. 왜 외워야 하는지를 모르는데

26. 낮 공부.

무엇을 깨우칠 수 있으랴. 시강원 스승들은 그저, 앞으로 성군이 되기 위해서는 구경[27]九經을 꿰뚫고 있어야 한다고만 말한다. 장차 종묘사직을 책임질 명왕明王이 되기 위해서는 모든 면에서 탁월해야 한다고만 말한다.

세자는 생각이 다르다.

성군이 되려면 중국 고전을 달달 외우기 전에 백성들이 사는 형편부터 제대로 알아야 하는 게 아닌가? 밥을 굶는 백성들이 있다는데 하루나 이틀쯤 굶어 보는 것도 공부 아닐까? 헐벗는 백성들이 있다는데 하루나 이틀쯤 무명 바지저고리만 입고 추위에 떨어 보는 것도 공부 아닐까? 사람 대접 못 받는 백성들이 있다는데 하루나 이틀쯤 천덕꾸러기 취급을 받아 보는 것도 공부 아닐까?

명왕이 되기 위해서는 모든 면에서 탁월해야 한다고? 사람이 어떻게 모든 면에서 탁월할 수 있나? 차라리 여러 방면의 사람들과 사귐으로써 사람 보는 안목을 기르는 것이 공부 아닐까? 사람 보는 안목만 탁월하면 여러 방면의 탁월한 신하들을 등용할 수 있지 않은가? 내가 왕으로서 그들을 잘 대접하고 존경하며 재능을 발휘할 수 있는 환경을 만들어 주면 되는 것이 아닌가?

그러나 세자는 다른 생각을 가질 수 없다. 다른 생각은 곧 '딴 마

27. 중국 고전인 아홉 가지의 경서.

음'이다. 오로지 부왕에 대한 효성을 닦고 부왕의 명에 따라 부왕이 임명한 시강원 스승들에게서 학문을 도야하는 일에 온 마음을 바쳐야 할 뿐이다.

똑같은 자세로 앉아서 똑같은 말씀을 외워야 하는 강학시간보다는 말 타기나 활쏘기를 배우며 몸을 움직이는 시간이 훨씬 즐거운데, 좌익위[28]左翊衛 김동순에게서 말 타기를, 우익찬[29]右翼贊 최순철에게서 활쏘기를 배우는 시간은 경전 강학시간에 비해 너무 짧다. 그마저도 요즘은 경전 진도가 느리다고 정강한 지 오래다.

아, 말이라도 시원하게 타 봤으면.

활이라도 시원하게 쏘아 봤으면.

세자는 좀이 쑤셔 남 몰래 기지개라도 펴 보려 한다.

그런데 점심 식사를 마친 시강원 스승들이 벌써 대문 밖에 서 있다. 세자는 얼른 낙선당 동쪽 층계를 내려와 서쪽을 향해 두 손 맞잡고 선다. 스승들이 서쪽 층계를 올라 낙선당으로 입실한다. 세자는 동쪽 층계를 통해 입실하여 스승들에게 두 번 절한다. 스승들이 두 번 답배하고 자리에 앉는다.

세자가 자리에 앉자, 보덕 윤학준이 기침 두어 번으로 목청을 가다듬고는 입을 뗀다.

28. 세자 호위를 맡아 하던 정5품 무관직.
29. 세자 호위를 맡아 하던 정6품 무관직.

"옛 사람이 말하기를 학문은 능히 사람의 기질을 변화시킬 수 있다 하였으니 학문의 공효가 어찌 작다 할 수 있겠사옵니까? 저하께옵서 학문에 흥미를 보이지 않으시고 나태하시다 하여 주상전하의 염려가 크시옵니다마는 사람의 기질이란 학문을 통하여 오히려 변화할 수 있는 것이니 저하께옵서는 유념하여 주시옵소서. 그럼 좀 전에 읽은 주실반작록을 외워 보소서."

석강 전 잠시 쉬는 시간.

세자는 생과방에서 가져온 식혜와 인삼정과를 앞두고, 여덟 살에 성균관에 입학하기 전 함께 놀던 배동[30]陪童들 중 제일 한미한 집안 출신이었으나 제일 친하게 지냈던 동갑내기 금똥이를 떠올린다.

금똥이는 식탐이 많아 생과방에서 다과를 내오면 팔짝팔짝 뛰며 좋아했다. 먹을 때는 또 얼마나 냠냠 맛나게 먹는지 지켜보는 사람들이 군침을 흘릴 정도였다. 입 짧기로 소문난 세자도 금똥이 옆에 놓아 두면 희한하게 잘 먹었다. 먹을거리 싸들고 세자를 쫓아다니기 일삼던 상궁 나인들은 그래서 두고두고 금똥이 얘기를 하고는 했다.

여섯 살 때였다. 금똥이가 배가 볼록 튀어나오도록 실컷 먹고도 주머니에 정과 서너 개를 몰래 훔쳐 넣는 모양이 세자의 눈에 띄었다. 세자는 "돼지처럼 염치없는 놈."이라고 대놓고 금똥이를 면박 주었

30. 어린 세자를 모시는 어린아이.

다. 그러자 금똥이가 엎드려 사죄하며 아뢰기를, "어머님이 감환[31]感患으로 입맛을 잃으셨는데 대궐 정과가 하도 맛나기에 어머님 갖다 드리려 훔쳤다."고 했다. 세자가 그 말을 듣고 생과방에 명하여 갖은 정과류를 따로 포장하게 하여 금똥이에게 내렸다.

세자는 금똥이에게서 이 세상에는 밥 못 먹는 백성도 있고 옷 못 입는 백성도 있으며 사람대접 못 받는 백성도 있다는 이야기를 들었다.

금똥이는 요즘 무얼 하고 있을까?

요즘 같은 겨울에는 꽝꽝 언 미나리꽝에서 썰매를 탄다고 했는데. 들판을 쏘다니며 연을 날리고 자치기를 한다고도 했어.

하루 종일, 지치도록, 논다고 했어. 지치도록 놀고 나면 어떤 기분일까?

내가 어떻게 알아? 그렇게 지치도록 놀아 보질 못했는데.

나는 아침 문안드리고 나면 바로 지쳐 버리는 걸. 숨만 겨우겨우 쉬면서 하루를 버틸 뿐이지.

하늘 높이 연을 날리는 기분은 어떤 것일까? 연과 함께 내 몸이 두둥실, 바람에 실려 날아가는 기분일까?

그렇게 실컷 놀고 나면 어머니가 "금똥아, 그만 놀고 저녁밥 먹어라." 하며 부르러 나온댔어. 금똥이는 맨날 보는 어머니인데도 너무

---

31. 감기의 높임말.

반가워 행주치마에 제 얼굴을 묻고 비빈댔어. 어머니한테서는 밥 뜸 드는 냄새가 난댔어. 그 냄새를 맡으면 그때까지 말짱하던 뱃속이 별안간 난리라도 난 것처럼 꼬르륵꼬르륵 진동을 한댔어.

어머니가 밥 냄새 풍기며 부르러 나온다는 집은 개중 제일 가난한 금똥이네뿐이었지만, 다른 배동들한테도 어머니는 다 있었지.

어머니.

빈궁도 어머니가 있어서 아침저녁으로 문안편지를 보내고 받던데…….

어머니.

나한테만 없지.

그런데 왜 나한테만 없는 걸까?

왜?

시강원 스승들의 발소리, 관복 자락 서걱거리는 소리가 들린다.

지겨워. 지겨워 죽겠어.

또 얼마나 엄청난 질책을 얻어 들을까?

석강도 원래는 정재[32]呈才에 대하여 공부하는 시간이어야 하나, 시강원에서 한 달에 한 번 왕을 배알하고 세자의 학업성취도를 고하는 날이 이틀 후로 다가온 까닭에 벌써 세 번째 건너뛰었다. 세자의 학

32. 대궐 안 잔치 때 벌이던 춤과 노래.

업이 순조롭지 못하니 시강원 스승들 또한 부쩍 긴장되고 불안한 기색을 보인다. 요즘 들어 스승들의 질책이 심해진 것은 그들 스스로 주상에게서 받을 더욱 엄혹한 질책이 두려워서일 테다.

세자는 의자에서 일어서며 거푸 한숨을 쉰다. 아무리 한숨을 쉬어도 답답증이 가시지를 않는다. 뒷골 당기고 쑤시는 증세도 더 심해진다.

조강, 주강에 그만큼 했으면 석강이라도 좀 다른 공부를 해야지. 이게 뭐야?

세자는 춤과 노래에 대한 지식을 배우는 게 좋다. 아니 사실은 지식을 배우는 데 그치지 않고 몸소 춤추고 노래하고 싶다. 몸을 맘껏 움직여 춤추고 큰 소리를 맘껏 내어 노래하고 나면, 아니 그저 비명이라도 맘껏 지를 수 있다면, 이 가슴 답답하고 머리 아픈 증이 얼마큼은 나아질 듯하다.

그러나 지금 세자가 할 수 있는 일은 오직 낙선당 동쪽 층계를 내려와 서쪽을 향해 공손히 양수거지하고 서서 스승들을 맞이하는 일뿐이다.

아, 금똥이.

금똥이와 단 하루만이라도, 지치도록, 놀 수 있다면.

시강원 스승들은 신시[33]申時를 한참 넘기고도 세자에게 누차 철저

한 복습을 다짐받고서야 석강을 마친다. 스승들이 먼저 낙선당을 나서 서쪽 계단을 내려간다. 세자는 스승을 뒤따라 나와 동쪽 계단 아래에 서서 스승들을 배웅한다.

스승들의 얼굴도 죽을상이고 세자의 얼굴도 죽을상이다. 문 밖에서 세자를 바라고 서 있던 오상궁의 얼굴도 죽을상이 된다. 동궁에 소속된 사람들은 동궁마마와 운명을 같이하게 되어 있다. 세자가 무사히 대통을 이어받아야 이들의 앞날도 창창해진다. 세자가 잘못되는 날에는 이들의 앞날에도 먹구름이 몰려온다.

어깨가 축 처진 세자는 오상궁이 이끄는 대로 저승전으로 옮겨 저녁 수랏상을 받는다. 그러나 입안이 텁텁한 것이 도통 입맛이 당기지 않아 서너 술 뜨는 흉내를 내다가는 곧 상을 물린다.

"마마, 사람의 육체는 원기로 부지하는 법이옵고 원기는 삼시 식선[34]食膳에서 나오는 법이옵니다. 저하께옵서 수라를 이리 적게 잡수시오면 자연 원기가 소삭消索되니 모든 일에 의욕이 떨어지지 않을 도리가 있겠사옵니까? 소인, 그저 애가 타고 피가 마르는 듯하옵니다. 이 늙은 궁인을 보아서라도 조금만 더 잡수시옵소서."

오상궁이 못내 권하지만 세자는 외면한다.

귀찮아. 먹는 것도 귀찮아.

---

33. 오후 3시에서 5시.
34. 음식.

세자는 그대로 드러누워 잠이나 푹 잤으면 싶다.

약방 의녀가 탕약 소반을 받쳐 들고 온다. 오상궁이 탕약만큼은 결단코 양보하지 않을 것을 알기에 세자는 두었다 마시겠다고 거짓말을 둘러대어 오상궁을 내보낸다.

이까짓 탕약. 쓰기만 들입다 쓰고 낫지는 않고.

날마다 머리가 더 깨질 듯이 아프니 원. 조금이라도 나아지는 맛이 있어야 참고 먹어 줄 거 아냐?

세자는 약을 매우틀에다 쏟아 버린다.

유모였던 박씨부인은 한결같이 인자했는데, 오상궁은 사람됨이 틀지어 믿음직하면서도 어딘지 모르게 냉랭하다. 세자가 일곱 살 때, 유모가 중병에 걸려 대궐을 나가자 세자는 유모에게 그랬던 것처럼 보모상궁인 오상궁의 젖가슴을 만지려 했다. 그러자 오상궁은 놀라 소스라치다 못해 엉덩방아까지 찧었다. 징그러운 뱀이나 밀쳐내는 듯 일곱 살 세자의 작은 손을 밀쳐내며 세자를 낯설게 바라보던 오상궁의 눈빛을, 세자는 잊지 못한다.

머릿속을 누가 쇠꼬챙이로 휘저어 놓은 것 같다. 속까지 메스껍다. 맹자를 다시 폈다가는 정말로 머리가 깨져 뇌수가 줄줄 흘러내릴지 모른다.

유모가 보고 싶다. 유모의 젖가슴에 얼굴을 파묻고 싶다. 잠깐만이라도 그 젖 냄새를 맡으며 그 젖을 만지고 나면 이 끔찍한 두통이 좀 가실 듯도 하다.

세자는 익선관을 벗고 미간을 찌푸린 채 한참 앉았다가 문갑에 숨겨 두었던 유마경[35]을 꺼낸다. 유모가 남긴 책인데, 세자가 유모의 정을 잊지 않기 위하여 몰래 갈무리해 둔 것이다.

유마경 구절들은, 그 정확한 의미는 모르겠으되, 읽다 보면 마음이 환해지고 머리가 맑아진다. 하지만 문자에 질리고 질린 세자는 유마경조차 읽기 싫다. 그저 보료에 비스듬히 누운 채로 가만히 쓰다듬으며 유모의 젖을 떠올리고 싶다. 유모의 젖과 그 냄새와 그것을 만질 때의 느낌을 생각하면 가슴속으로 노란 햇살 한 줌이 아롱아롱 비추이는 것 같다.

그런데 빈궁에게도 젖이 있을까?

있겠지. 빈궁도 여자니까.

어떻게 생겼을까?

길쭉할까 둥그럴까?

둥그렇겠지.

대추만 할까?

설마.

그럼 살구만 할까? 아니면 복숭아?

---

35. 유마라는 주인공을 내세운 설화식의 불교경전.

아, 한번 보고 싶다.

시위이이이 듭시오오오.

별안간 바깥이 어수선하다. 달콤한 상상에 젖어 있던 세자는 신경질이 난다.

시위이이이 듭시오오오.

낮고도 조심스럽게 울려 퍼지는 저 목소리는?

민첩하게 움직이는 발소리와 옷깃 스치는 소리 가운데에서 대전 시위내관의 음성을 가려들은 세자는 벌떡 일어나 익선관을 챙겨 쓰고 곤룡포를 여민다. 궁녀들이 기다렸던 듯 밖에서 문을 열어 준다.

세자가 뛰다시피 내려와 엎드리자 부왕이 힐끗 보고는 앞서서 계단을 오른다.

아, 유마경!

세자의 머릿속이 하얗게 지워진다. 아랫도리가 후들거린다.

부왕이 좌정하고 세자가 꿇어앉는다. 세자의 이마와 콧등에 식은땀이 송골송골 맺혀 있다.

"나라의 세자 된 자, 낮에는 전심으로 서연[36]書筵에 임하고 밤에는 반드시 홀로 복습하며 깨우치는 시간을 가져야 하느니. 내 문득 너의 복습하는 모습이 보고 싶어 왔노라."

36. 왕세자 앞에서 경서를 강론하는 일.

"……."

땀 한 방울이 세자의 콧등에서 손등으로 굴러 떨어진다.

서안書案 아래 떨어져 있을 유마경. 저것을 어찌할꼬.

제발 덕분에 아바마마 눈에 띄지 않아야 할 텐데.

"그런데 어찌하여 서책이 보이지 않는고? 맹자를 공부하는 중이라 하지 않았느냐?"

"……."

세자는 아무 대답도 하지 못한다. 입 안이 바싹바싹 마른다.

왕은 부리부리한 눈방울을 사방으로 굴린다.

땀 한 방울이 세자의 이마에서 굴러 눈썹에 잠시 머물렀다 눈 속으로 떨어진다. 세자는 눈을 감는다.

왕은 마침내 서안 아래쪽에 놓인 누런 책 한 권을 발견하고 집어올린다.

"이것이 무엇이더냐? 유마경이 아니더냐?"

"……."

세자는 눈을 감은 채로 이마를 바닥까지 숙인다.

"읽으라는 경서는 읽지 않고 이단異端을 공부하고 있었다?"

"……."

잠시 침묵이 흐른다. 왕의 숨소리가 시나브로 거칠어진다.

"네가 정녕 이 나라에 석불釋佛의 해로움이 자심한 줄을 모른단 말이냐? 만약 모른다면 너의 아둔함이 말 못할 지경인 것이요, 알면서도 미혹됨을 면치 못했다면 그 또한 너의 바르지 못함이 말 못할 지경에 이른 것이라. 내가 이단을 미워하기를 마치 흉적과 같이 하거늘 네가 감히 아비를 속이고 몰래 이단을 공부한다?"

"소, 소자 그것을 공부하고자 해서 가지고 있었던 것이 아니옵니다. 유모 노릇하던 박부인이 남긴 물건이온데 소자가 구구한 정을 잊지 못하여……."

세자는 말끝을 맺지 못한다. 엉엉 목 놓아 울고 싶으나, 이를 악물고 울음을 깨문다.

왕이 내관에게 책을 건넨다.

"불사르라."

세자의 눈에서 눈물이 샘솟는다. 왕이 그런 세자를 한참 동안 바라보다 입을 뗀다. 음성이 적이 가라앉아 있다.

"제왕은 공격받기 쉬운 자리이다. 사사로운 정에 연연하여 나라의 기틀을 흔들어서는 아니 되느니. 마음을 잘 연단하여 차후에는 이런 일이 없도록 하라. 구경九經을 잘하면 아둔하고 나약한 자도 총명하고 굳세질 수 있다 했으니 너도 열심히 공부하고 복습하여 이 아비를 기쁘게 하라."

왕이 말을 마치고 일어서다 설핏 한숨을 쉰다. 그 한숨의 속뜻은, 평생을 곁에서 호종하는 늙은 내시 한 사람만이 어림한다. 왕은 지금 양지바른 후원에서 유마경을 읽곤 하던, 세자의 생모를 추억하는 것이라고. 권력의 정점에 선 자로서 만백성의 생사여탈권을 쥐고서도 사랑하는 한 여자의 목숨을 지켜 주지 못한 한을 되새김질하는 것이라고.

세자는 왕의 등을 바라보며 또 다시 독을 생각한다.

독, 그래 독!

세자는 누워 있지도 앉아 있지도 가만 서 있지도 못하고 이리 갔다 저리 갔다 어쩔 줄을 모른다.

죽고 싶다.

죽을 마음을 내어 본다. 그러나 구중궁궐에서 상궁나인들 손에 꽃처럼 달처럼 떠받들려만 살아온 열세 살의 세자는 제 손으로 목숨을 끊을 만한 독기를 갖지 못했다.

내시들을 때려 봐도 분은 조금도 풀리지 않고 오히려 더 커진다.

남의 몸을 학대하느니 내 몸을 학대하는 것이 속 편하리.

세자가 저승전 기둥에 이마를 찧기 시작한다. 둘러선 궁인들이 울부짖으며 말린다.

"마마, 마마. 이리 마옵소서. 이리 마옵소서."

빈궁이 소식을 듣고 눈물 가득한 얼굴로 달려온다.

빈궁이 세자의 옷소매를 붙든다. 세자가 빈궁을 밀친다. 세자는 주먹에 무언가 야들야들 보드라운 것이 닿는 느낌에 잠시 멍해진다.

젖인가…….

빈궁의 젖인가.

세자는 주먹을 들어 코 밑에 갖다 대고 그리운 냄새를 맡으려 한다.

빈궁이 휘청거리다 층계 아래로 나가떨어진다. 세자의 이마에서 핏방울이 뚝뚝 떨어진다. 빈궁은 뜬눈으로 정신을 잃는다.

내가 내 이마를 찧는 것도 내 맘대로 못하는구나.

에라, 아파나 버리자. 죽도록 아파나 버리자.

그러자 진짜로 몸에서 열이 끓기 시작한다.

끓어라.

더 끓어라.

펄펄 끓어라. 펄펄 끓어서, 아주 펄펄 끓어서 증기 되어 멀리멀리 날아가 버려라.

연 한번 못 날려 보는 이내 신세, 내 몸이나 하늘 높이 날려 보리.

아주 오래된 하루

아이가 스무 살이 되기 전에 죽은 아빠는 아빠도 아냐.
아이 버려 두고 집 나간 엄마는 엄마도 아냐.
내가 아빠, 엄마를 찾으면, 형은 그렇게 말했다.
형은 그때 열네 살이었다.
스무 살만 먹었어도 그렇게 살지 않을 거라고 했다.

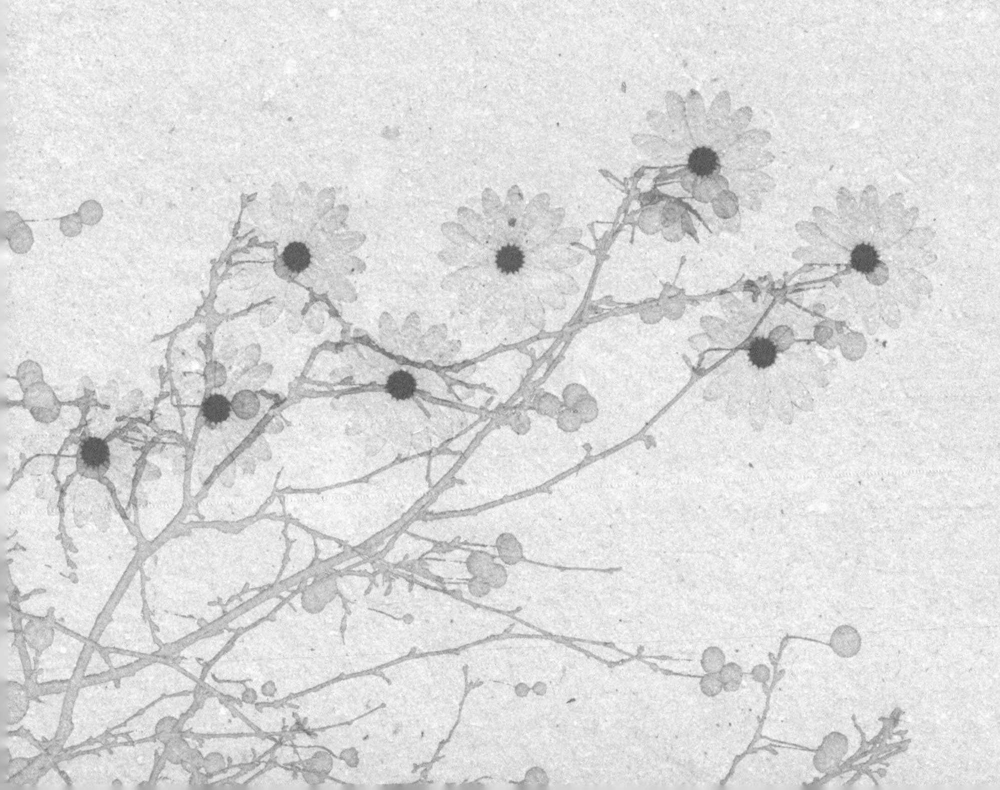

“아빠, 저거.”

여름이가 가리키는 방향을 곁눈질해 보니 김이 무럭무럭 나는 찐빵 솥이 있다. 더울 때는 김을 보기만 해도 땀이 돋는데 날이 추워지니 침이 고인다. 시월 초라도 태백은 춥다. 단풍 색깔도 벌써 시르죽었다.

페달을 밟는 발에서 힘이 빠진다. 막막하다. 집도 절도 없이 아일 데리고 어떻게 겨울을 날까. 지갑에 남은 돈, 달랑 사천오백칠십 원.

나쁜 년. 자전거 타고 가다 개골창에나 고꾸라져 죽어라. 그 잘나터진 면상, 악살박살 나서.

잇새로 씹어뱉다 보니, 여름이가 들었을까 겁난다. 여름이는 그 여잘 제법 따랐다. 여자가 조금만 추어 줘도 얼굴이 빨개졌고 심부름은 뭐든 시키기만 하면 제꺽 해치웠다. 그래서 그 년이 더 죽일 년이라는 거다. 셋방 보증금 빼 간 것만 해도 천하에 나쁜 년인 것을, 여름이 저금통까지 들고 튀지 않았나. 깔축없이 죽일 년이다. 맨 동

전뿐이었어도 묵지근한 것이 칠팔만 원은 실하게 나왔을 그 저금통을, 정작 여름이는 제가 네 살 때부터 시방 일곱 살 먹을 때까지 사고 싶은 로봇장난감 한 번 사지 않고 오롯이 키워만 왔는데.

"응, 한 바퀴 돌고 와서 사 줄게."

"진짜지? 안 사 주면 울어 버릴 거다? 헤에."

여름이가 웃는다.

"울어라. 아빠는 웃어 버리지 뭐."

나는 뜨거워진 눈시울에 힘을 준다. 오래된 버릇이다. 눈물이 나올 것 같으면 온몸의 기운을 모아 눈시울에 힘주기.

"아빠, 졸려."

"졸리면 졸아. 아빠 허리 꽉 잡고."

* * *

"졸리면 졸아. 형아 허리 꽉 잡고."

태복이 형이 상체를 핸들에 바짝 붙이고 힘차게 페달을 밟았다. 나는 형의 등에 얼굴을 묻고 졸기 시작했다. 잠이 든 것은 아니었다. 기분 좋게 졸았다고나 할까. 바람이 나뭇잎을 흔들다 내 뺨을 쓰다듬곤 형의 셔츠에 스며들었다. 뻐꾸기와 왜가리가 울었고 어디선가 감자 누룽지 냄새가 솔솔 콧속을 간질였다.

여름 점심은 이틀거리로 감자였다. 엄마가 감자 한 바가지와 몽당 숟가락 두 개를 던져 주며 껍질을 벗기라고 하면, 우리는 숟가락을 들기 전에 엄마한테 다짐부터 받았었다. 감자 누룽지, 많이 만들어 줘야 돼. 분이 보얗게 일어나는 햇감자의 포근포근한 맛도 괜찮았다. 하지만 우리는 솥바닥에 누릇누릇 눌어붙은 감자 누룽지의 고소한 맛을 더 좋아했다.

호야, 누가 더 많이 까나 내기하자. 더 많이 까는 사람이 감자 누룽지 세 번 더 먹기.

그래. 시이시이시이작!

형은 으레 크고 울퉁불퉁한 감자를 골랐다. 나는 작고 매끈한 감자만 고르고. 내기는 늘 내가 이겼었다.

인가라곤 없는 버덩을 달리고 있었는데 어디서 그런 냄새를 맡았을까. 아빠가 광업소에 나가고 엄마가 사택 아줌마들과 화투짝을 돌리던 시절, 그 평화롭던 시절에 대한 그리움의 냄새였을까. 아니 어쩌면 그건 형의 등짝에서 나는 냄새일지 몰랐다. 여름내 흘린 땀국이 바람과 햇살에 바싹 말려진 냄새.

맑은 콧물이 주르륵, 흘렀다. 나는 형의 셔츠에 코를 비볐다. 지난 겨울에 걸린 감기가 여름까지도 떨어지지 않았다. 어른의 손길이 닿지 않은 사택은 유난히 길었던 그해 장마철을 나고부터 이불서껀 벽지서껀 곰팡이가 슬지 않은 곳이 없었다. 한여름에도 밤중에는 이불을 덮어야 하는 곳이 태백인데, 퀴퀴하니 썩는 내가 나고 검은 곰팡이 먼지가 푸슬푸슬 떨어지는 이불을 덮을 수는 없었다. 그걸 덮으면 머리가 아파서 되레 잠이 오지 않았다. 싱크대에선 라면 가락이 눌어붙은 냄비들이 썩어 났고, 현관이고 주방이고 거실이고 방이고 간에 한통속으로 모래가 버석거렸다. 새새틈틈이 자두만 한 먼지 뭉치가 굴러 다녔고 바퀴벌레가 기어 다녔다. 바퀴벌레는 죽여도 죽여도 불어났다. 어두워지면 사택은 우리 집이 아니라 바퀴벌레의 집이 되었다. 이 옷 저 옷 껴입고 웅크린 우리의 몸통을 바퀴벌레들은 제멋대로 지나다녔다.

아이가 스무 살이 되기 전에 죽은 아빠는 아빠도 아냐.

아이 버려 두고 집 나간 엄마는 엄마도 아냐.

내가 아빠, 엄마를 찾으면, 형은 그렇게 말했다. 형은 그때 열네 살이었다. 스무 살만 먹었어도 그렇게 살지 않을 거라고 했다. 아빠는 진폐증 합병증으로 삼 년 전에 돌아가셨다. 엄마는 아빠 퇴직금, 위로금 따위를 몽땅 챙겨서 어딘가로 가 버렸다. 아빠처럼 영영 가 버린 건 아니고 어딘가에서 불쑥불쑥 나타나기도 했다. 이웃집 아줌마들 말로는 사택 철거 전에 나올 이주비를 챙겨 가기 위해서라고 했다. 우리는 그런 엄마 때문에 고아원에도 가지 못하고 집 없는 천사도 되지 못했다.

"형아, 감자 먹고 싶다."

내 목소리는 가르랑가르랑, 목구멍에 가래가 꽉 찬 할아버지의 그것이었다.

그때 내 나이, 아홉 살. 나, 태호, 태백산 호랑이. 아빠는 나더러 태백산 호랑이처럼 힘세고 당당한 사람이 되라고 했다. 칫. 그러려면 형 말마따나 내가 스무 살 먹을 때까지는 애비 노릇을 해 주었어야 했다. 그때 내 꼬락서니는 태백산 산토끼보다도 아랫길이었다. 구태여 닮은꼴을 찾으라면 지렁이와 흡사했다. 그것도 태백산 신령한 흙 파먹는 지렁이는 못 되고, 아스팔트 위를 오체투지로 기어가는 지렁이. 언제 죽을지 모르는, 어쩌면 죽는 게 더 속 편할지 모르는…….

"알았어. 이따 구워 줄게."

형이 선선히 말했다. 아까 그 집, 자전거포에 딸린 감자밭을, 형도 나도 떠올리고 있었다. 자전거도 그 집 것이다. 우린 그런 식으로 살고 있었다. 도둑질 아니면 비럭질로. 스무 살도 못 되어 부모 그늘을 잃어버린, 태백산 복덩이 되기는 애진작에 글러 버린 태복이 형이 앞장서고 나는 잔손을 거들어 주는 폭이었다.

처음부터 훔칠 생각으로 자전거포에 들른 것은 아니었다. 서점 뒤 자판기 앞에서 커피 뽑는 아가씨에게 으르딱딱거려 천 원짜리 몇 장을 구걸한 건지, 빼앗은 건지, 어쨌든 손에 넣고는, 그걸로 형이랑 오락 한 판씩 하고 아침 겸 점심으로 월남방망이 사탕 한 알에 아이스케키 한 개씩 사서 물고 이 골목 저 골목 쏘다니다 그 자전거포 앞에 선 것이다.

형 또래의 여자아이가 대학생처럼 보이는 키 큰 남자와 함께 승합차 트렁크에 아이스박스를 싣고 있었다. 아이스박스의 빨간색 표면에는 찬이슬이 송알송알 맺혀 있었다. 나보다 키가 한 뼘쯤 큰 듯한 남자아이가 깡충깡충 뛰어나와 튜브와 비치볼을 아이스박스 위에 얹었다. 형이 내 손을 잡고 우물 그늘에 숨었다. 형의 눈은 하늘색 민소매 체크무늬 원피스에 갈색 리본 달린 밀짚모자를 쓴 여자아이에게 붙박여 있었다. 키 큰 남자가 무슨 얘기인가를 하자 여자아이는 남자의 등을 주먹으로 때려 가며 웃었다. 곧 둥글둥글한 인상의 중년 여자가 스테인리스 찬합을 들고 조수석에 올라탔다.

얘들아, 어서어서 타. 지금이 벌써 몇 시야? 이러다 오늘 중으로 바다 구경이나 하겠니? 여보, 얼른 나와요. 왜 그리 늑장이우? 하여튼 이 집 식구들은 나 하나 빼고는 바쁜 사람이 없어.

곧 중년 여자와 남매처럼 닮은 아저씨가 나왔다. 아저씨는 가게 새시를 내리고 무슨 종이쪽지를 새시 위에 붙였다. 아저씨가 운전석에 타자, 아줌마가 찬합을 열어 뒷좌석 아이들에게 한 손에 들기 좋은 크기로 자른 찐 옥수수를 나눠주었다. 그리고 또 무언가를 젓가락으로 집어 아저씨 입에도 넣어 주고 아이들 입에도 하나씩 넣어 주었다.

형아, 저게 뭐야?

감자떡? 감자떡 같은데?

저거 먹고 싶다. 형아.

형은 말이 없었다.

승합차가 떠나자, 우리는 새시 앞으로 가서 쪽지를 읽었다.

하계휴가로 인한 휴업 공고 : 8월 4일~8일

형아, 무슨 말이야?

형이 내 손을 붙들고 손가락 네 개를 굽혔다.

오늘부터 이 집에서 네 밤 자도 된다는 얘기야.

와아.

담장은 형의 키 높이만 했다. 형이 엎드렸다. 나는 형의 등을 타고 담장 위에 올라섰다. 호박덩굴이 밟혔다. 담장 위를 걸어 대문 쪽으로 갔다. 문기둥을 타고 내려가 안에서 대문을 열었다.

그 집은 담장 밖에서 바라보았을 때보다 담장 안이 더 아늑했다. 장독대 아래 손바닥만 한 텃밭에 토란, 상추, 들깨가 몇 포기씩 자라고 있었고 그 가장자리로 접시꽃과 분꽃과 봉숭아가 가지런히 서 있었다. 포도나무의 무성한 넝쿨이 마당을 천막처럼 에워싼 채 짙푸른 포도송이를 댕글댕글 달고 있었다. 포도나무의 몸뚱이는 할아버지 수염처럼 희읍스름한 잿빛이었다. 다섯 살 적에 놀러 갔던 할아버지 댁 마당에도 늙은 포도나무가 있었다. 할아버지는 아빠 장례식장에서 주무시다 돌아가셨다.

포도 알을 한 개 따서 입에 넣었다.

아, 시어. 무슨 포도가 이래?

형은 대꾸 없이 펌프 물을 길어 세수하고 빨랫줄에 걸려 있던 흰 수건으로 얼굴을 닦았다. 오래도 닦았다. 무엇에 홀린 사람처럼 코를 킁킁거리며 수건의 냄새까지 맡았다. 형의 뺨에 포도 잎사귀 그림자가 어른거렸다. 그 집의 모든 것이 정오의 햇살에 바싹바싹 구워지고 있었다. 나는 내 오래된 콧물도 좀 말리고 싶어 눈을 찡그리고 하늘을 올려다보았다.

형은 늘 가지고 다니는 철사를 이용하여 그 집의 모든 방문을 열었다. 나는 냉장고부터 열어보았다. 짠지가 담긴 반찬통 몇 개밖에 없었다.

에이, 뭐 이래? 콜라도 없어……. 에이, 씨팔.

씨팔, 씨팔거리지 마.

형이 내 머리에 알밤을 먹였다.

형은 그 집 종업원 것인 듯한, 제일 낡은 짐 자전거에 나를 태웠다. 우리는 배추밭과 고물상, 볼품없는 회양목 사이로 개망초만 잔뜩 핀 버려진 화원花園과 너른 버덩을 지나 통닭집과 구둣방과 분식집이 총총히 이어진 시내를 골목골목 누볐다. 파출소만 피했다.

아무래도 감자 누룽지 냄새는 형의 등에서 나는 게 맞았다. 나는 형의 등에 자꾸만 코를 문지르고 콧물을 닦았다.

"호야."

"응?"

"넌 꿈이 뭐냐?"

"응."

"응이 뭐야? 꿈이 뭐냐니깐?"

나는 꿈 같은 건 생각해 본 적이 없어서 뭐라고 대답할 수 없었다. 게다가 여전히 졸음을 떨쳐 버리지 못해서 머릿속이 뿌옜다.

내가 머뭇거리자 형이 말했다.

"난 말이야, 나중에 자전거포 사장 할 거야."

그 말을 하는 형의 목소리가 살짝 떨렸다. 등은 살짝 기울었다. 자전거 속도는 살짝 빨라졌다. 한참 뒤에 형이 물었다.

"그건 그렇고 네 꿈은 뭐야?"

* * *

"아빠, 아빠는 나중에 크면 뭐 하고 싶어?"

피식, 웃음이 나온다. 여름이는 어떨 때 보면 다 큰 아이 같은데, 이럴 때는 제 나이보다 두어 살은 축나는 어린애 같다.

내가 웃는 사이, 찐빵 한 개를 순식간에 먹어치운 여름이가 입을 뗀다.

“나는 나중에 크면 찐빵집 할 거야.”

“저번에는 만두집 한다더니?”

“찐빵이랑 만두랑 같이 팔지.”

“하긴 그러면 되겠다.”

잘도 먹는다, 우리 여름이. 찐빵 2천 원어치 사고 남은 돈, 이천오백칠십 원. 여름이한테 찐빵 1인분 더 사 주면 오백칠십 원.

“아빤 안 먹어?”

“응. 속이 좀 안 좋아서.”

속이야 멀쩡하다. 안 좋은 곳은 이빨이다.

박가 그 자식은 사람을 때리려면 등짝이나 머리통을 때릴 일이지 왜 꼭 뺨을 때리나. 그리고 정 뺨을 때리고 싶거들랑 척 봐도 멀쩡한 오른뺨을 때리지 하필 풍치 때문에 부어오른 왼뺨을 때리느냐고. 게다가 빼빼 마른 놈이 손때는 왜 그리 맵냐고.

점심으로 눌은밥 삶아 먹고 소금 탄 찬물로 입속을 가시며 치통을 달래다가 박가한테 체불임금 받아 낼 생각을 했다. 박가는 홀랑 벗은 몸뚱어리에 차렵이불을 돌돌 만 채 문도 안 걸고 자고 있었다. 이불을 벗겨 내며 놈을 들깨웠다. 월급이나 제때 줘야 사장이지 월급 안 주는 사장이 무슨 사장이냐고. 그리고 중요한 건 박가가 나보다 두 살 아래라는 사실이다.

아무리 야식집이라도 그렇지 두 시까지 처자는 놈이 어디 있냐. 야, 자더라도 내 돈은 내놓고 자라. 먹고 죽을래도 돈이 없어 못 죽겠다. 야. 체불임금 내놔. 이 악덕 사장놈아.

이런, 씨팔.

놈이 불뚝성을 내며 내 왼빰을 거푸 세 번이나 내리쳤다. 한 번은 손바닥으로, 두 번은 주먹으로. 입속이 뭉개지는 것 같았다. 옆으로 쓰러지다 개다리소반에 콧방아까지 찧었다. 코피인지 이빨에서 나는 피인지 모를 피가 뭉클뭉클 쏟아졌다.

그제야 좀 누그러진 박가가 내 손에서 이불을 빼앗아 제 허리춤에 둘렀다.

오태호 너, 이 씨팔새끼. 한 번만 더 내 앞에서 그놈의 체불임금 얘기 했다간 그 자리에서 즉사야. 얌마, 네 마누라가 빌려 간 돈이 백이십만 원이고 네가 받을 돈이 팔십오만 원이야. 내가 도로 너한테 삼십오만 원을 받아야 한다고요. 계산이 안 돼? 이 빙신아. 씨팔, 어데서 체불, 체불, 체불을 나불거려, 씨팔놈이.

얼굴을 싸쥐고 나오다가 두 달 전까지 내가 타던 야식배달 자전거에 올라탔다. 솔직히 오토바이를 타고 싶었지만 오토바이는 열쇠가 있어야 시동을 걸지.

박가 놈이 쫓아 나왔다.

야, 이 빙신아. 시방 네가 깜빵엘 가고 싶어 몸살이 났지?

힐끗 돌아보니 박가가 가게 앞 평상 모서리를 돌다 이불을 밟고 고꾸라지는 참이었다. 찐빵 두 덩어리 같은 엉덩짝이 꾸무럭거렸다.

병신은 누가 병신인데? 오다가다 만나서 겨우 열네 달 같이 산 여자가 마누라는 무슨 개뿔 마누라야? 여자가 눈꼬리 살랑거린다고 내 허락도 없이 돈 빌려 준 놈이 병신이지.

여인숙으로 돌아와 수돗가에서 얼굴 씻고 셔츠를 빨아 널었다. 마음속에서 벌떼가 웽웽거렸다. 야식 철가방 얹어 놓던 짐칸에 여름이를 태우고 시원하게 페달을 밟아 댔더니 벌떼는 웬만치 잠잠해졌다. 그런데 박가한테 얻어터진, 안 그래도 사나흘 전부터 관심 좀 가져 달라고 징징거리던 왼쪽 잇몸이 아예 욱신욱신, 대놓고 병원 가자고 보챘다.

병원? 그런 델 내가 왜 가나. 나는 정말로 사대육신을 꼼짝할 수 없어 남의 손에 끌려가는 거 아니면 병원 따윈 절대 안 가겠다고 맹세한 사람이다.

* * *

병원은 북적거렸다. 그리고 시끄러웠다.

"뭐야? 너네들끼리 온 거야? 가서 부모님 모시고 와. 다음 분!"

거의 두 시간을 기다려 접수대 앞에 섰는데, 얼굴이 오이처럼 길쭉한 단발머리 여자는 그렇게 말했다. 눈썹 사이에 짜증이 자글자글

끓고 있었다. 휠체어를 탄 남자와 목발을 짚고 선 남자가 아까부터 큰소리로 다투고 있었다. 터미널 앞에서 붕어빵을 파는 아줌마는 무슨 일 때문인지 벤치 아래 퍼더버리고 앉아 꺽꺽 울고 있었다.

검정 점퍼에 검정 바지를 입은 시커먼 아저씨가 형을 밀어내고 접수대 앞에 섰다.

"돈 있어요."

형 목소리는 나한테만 들렸다. 검정 아저씨 뒤로 누렁 아줌마가 서면서 형의 어깨를 쳤다. 누렁 아줌마 뒤로 푸렁 할머니가 섰다. 그 뒤로도 사람들이 많았는데, 검정, 누렁, 푸렁, 그 세 가지만 기억난다. 검정, 누렁, 푸렁의 물결 속에 너무 낡아 색깔이 사라진, 구태여 말하자면 연탄재 비스름한 빛깔의 스웨터가 동동 떠 있었다. 동동 떠서 동그라미를 그렸다. 작은 동그라미, 큰 동그라미, 더 큰 동그라미……. 나는 어지러웠다. 자꾸만 졸렸고 아무 데라도 눕고 싶었다.

형이 내 손을 왁살스레 붙잡고 병원을 나왔다. 첫눈이 내리고 있었다. 형이 나를 병원 담벼락에 밀어붙이고는 말했다.

"너, 아프지 마. 한 번만 더 아프면 죽는다!"

형의 눈이 붉었다. 나는 고개를 마구 끄덕였다. 눈을 맞으니까 정신이 들었다.

"빨리 나아. 그냥 나아 버려. 안 나으면 죽는다!"

나는 또 고개를 끄덕였다. 맞은편 보도 위, 포장마차에서 어묵 솥이 허연 김을 내뿜고 있었다.

"저거 사주면 안 아플게. 안 사주면 또 아파 버릴 거야."

형이 내 볼을 꼬집으며 웃었다. 길을 건넜다.

"실컷 먹어."

"진짜?"

"진짜."

국물부터 한 국자 떠먹었다. 어묵도 배가 빵빵해지도록 먹었다.

형은 그날 밤, 병원 행정실 문을 땄다. 형은 아무 문이라도 잘 땄다. 나는 망을 봤다. 4시 반까지 들어온 돈은 은행에 입금시키고 그때부터 6시까지 접수한 현금은 자물쇠 있는 서랍에 넣어 둔다는 걸, 형은 알고 있었다. 형은 자물쇠를 통째로 뜯어 버리고 돈뭉치를 꺼내 스웨터 속에 넣었다.

뚱뚱이가 된 형이 바지를 내리고 주저앉았다.

"똥 같은 병원, 똥이나 먹어라."

나는 형 말이 재미있어서 웃었다.

* * *

"아빠, 똥 마려."

"애고, 우리 여름인 잘 먹고 잘 싸고……."

"헤에. 잘 먹고 잘 싸니까 예뻐?"

"그래. 예쁘다, 요놈아."

찐빵집 화장실은 가게 뒷문으로 빠져나와 계단 세 개를 올라간 곳에 있었다.

"얼른 싸."

"아빠는 어디 있을 건데?"

"바로 요기."

나는 첫 번째 계단참을 가리켰다.

"진짜로 요기 있어야 된다아?"

"알았다, 요놈아. 얼른 싸기나 하셔."

"문 열어 둘 거다아?"

"마음대로."

여름이는 내가 제 눈앞에 있어야 안심을 한다. 그래서 내가 여름이 재운 다음에 할 수 있는 야식 배달 같은 일밖에 못하는 거다.

"아빠, 똥냄새 지독하지?"

"지독하네."

지독하다. 지독히 사랑스러운 냄새가 난다, 내 새끼 똥에선. 사실 나는 코가 나빠서 냄새를 못 맡는다. 내가 맡는 냄새는 전부 기억 속의 냄새다. 여름이 똥에선 잘 익은 홍시 냄새가 났다고 내 머리는 기억한다. 그래서 지금 내 코는 홍시 냄새를 맡는다.

"아빠. 명석이 있잖아?"

"명석이? 있겠지. 명석이네 집에."

"명석이네 엄마 말이야. 화나면 명석이한테 막 이런다아? 에라, 이 똥물에 튀겨 먹을 놈."

똥물에 튀겨 먹을 놈? 그거 엄마가 자주 하던 욕인데. 엄마는 정말로 사택 이주비를 챙긴 뒤에는 코빼기도 비치지 않았다. 여름이 엄마와 결혼할 때도 그저 그랬는데 여름이 낳고는 가끔씩 엄마 생각이 났다. 나는 내 새끼가 이렇게 좋은데 엄마는 새끼들이 별로였나 봐, 하는 생각. 형 생각이야 수시로 했다. 나한테는 형이 엄마였다. 이상하게 아버지 생각은 별로 나지 않았다. 하긴 이상할 것도 없다. 아버지 돌아가실 때 내 나이 여섯 살이었으니. 우리 여름이는 일곱 살. 내가 지금 죽으면, 여름이한테 겨우 일 년 정도의 기억으로밖에 남아 있지 못한다는 거다.

"명석이 엄마 되게 웃기지? 똥물에 튀겨 먹음 무슨 맛이 나? 헤에. 에라, 이 똥물에 튀겨 먹을 놈. 헤에."

에라, 이 똥물에 튀겨 먹을 놈.

* * *

똥물에 튀겨 먹을 놈. 똥물에 튀겨 먹을 놈.

형도 그 욕을 했었다. 그 자전거포 집에서의 마지막 날 밤에.

형과 나는 그 집에서 꿀같이 달콤한 사흘을 보냈다. 그리고 나흘째. 마지막 날이라 생각하니 아쉬워서 우리는 하루 종일 집 안에만 박혀 있었다. 감자 구워 먹고 옥수수 삶아 먹으며 뒹굴뒹굴. 천국이 따로 없었다.

그런데 오밤중에 도둑이 든 것이다. 도둑은 한가로이 점포를 뒤지고 안방을 뒤졌다. 우리는 그 집 식구들이 일정을 변경하여 하루 일찍 돌아온 줄 알았다. 심장이 덜컥, 내려앉았다. 형이 내 손을 꽉 잡았다. 정신없이 후닥닥대다간 잘못되기 십상이라는 걸 나도 알았지만, 나는 어린애였고 서툴렀고 겁이 많았다.

우리가 누워 자던 작은방에는 마루로 연결되는 방문 말고도 뒤꼍으로 샛문이 나 있었다. 살금살금 샛문을 빠져나와 뒤꼍 창고 그늘에 숨었다. 틈을 봐서 담을 넘으면 그만이었다. 그런데 사위가 그럴 수 없이 조용했다. 마땅히 있어야 할 어떤 활기가 없었다. 형이 한 발 한 발 마당가로 나아갔다. 형한테는 소리 없이 걷는 재주가 있었다.

형은 어느새 마당가 포도나무 그늘 밑에 서 있었다. 여윈 초승달빛이 포도 잎사귀에 신비로운 그림자를 드리우는 밤이었다. 놈이 사타구니에서 고추라기보다는 실고구마 같이 생긴 물건을 꺼내 포도나무 뿌리께를 겨누었다. 오줌발이 끊어질 듯 끊어질 듯 이어졌다. 녀석은 오줌을 다 누고 물건을 털다가 형의 손에 덜미를 잡혔다. 형이 놈의 정수리를 내리눌렀다.

"꿇어, 새꺄."

놈이 하릴없이 무릎을 꺾었다. 사실 터미널이나 역전 깡패들도 형은 함부로 건드리지 않았다. 내 눈에나 또래로 보이지 형은 제 나이보다 대여섯 살은 더 들어 보이는 얼굴과 목소리를 하고 있었다. 게다가 마음만 먹으면 아주 낮고 이물스러운 목소리를 낼 수 있었다. 구렁이가 말을 한다면 그런 음성을 낼 것이다. 나는 슬그머니 형 뒤로 가서 펌프 옆 나무의자에 앉았다.

"내놔."

놈이 주머니에서 색동주머니를 꺼냈다. 장롱 속 겨울옷 보따리 안에 있던 주머니. 누런 반지, 붉은 목걸이, 푸른 팔찌 따위가 골고루 섞여 있었다. 형이 주머니를 받아서 내게 건넸다.

"첨 본 새낀데, 어디서 굴러먹다 온 개뼈다귀야?"

"예?"

"태백 사는 새끼야?"

"예."

"집이 어딘데?"

"구, 궁전 아파트."

궁전 아파트면 태백서는 꽤나 잘 사는 집인데?

"친척집이야?"

"아뇨. 우리 집인데요."

"부모님은 있어?"

"예."

"뭐 하시는데?"

"아버지는 시청 공무원이고요……. 엄마는 작품 하나 하는데요."

"작품 하나? 그게 뭔데, 새꺄!"

형이 녀석의 정수리에 알밤을 한꺼번에 예닐곱 대나 먹였다. 놈이 머리를 싸쥐면서 대답했다.

"작품 하나, 에이씨, 저기, 시내 레스토랑 모르세요?"

그제야 한 번도 들어가지는 못했으나 지나가면서 본 적은 있는 멋들어진 흘림체의 간판, '작품 하나'가 생각났다.

형은 고개를 들어 밤하늘에 걸린 초승달을 한참이나 바라보았다.

"진짜야, 가짜야? 진짜 그 집 새끼 맞아? 주워온 새끼 아니고?"

"진짜 맞는데요."

"그런 집 새끼가 뭐 하러 도둑질을 해?"

"심심해서……."

"이런 씨팔 새끼!"

별안간 형이 녀석의 머리통, 등짝, 엉덩이를 가리지 않고 들때리기 시작했다. 녀석이 죽는소리를 하며 손이 발이 되도록 빌었다. 나도 슬그머니 일어나 형의 셔츠를 잡아당겼다. 형이 녀석의 몸에서 손을 떼며 퉤, 침을 뱉었다.

"에라, 이 똥물에 튀겨 먹을 놈아. 너 한 번만 더 이런 데서 눈에 띄면 내 손에 뒈져. 알어?"

"예, 예."

놈이 휘청거리는 몸을 곧추세우며 몇 번이고 고개를 주억거렸다.

"꺼져, 새꺄."

형이 놈의 엉덩짝을 걷어찼다. 놈이 콧방아를 한번 찧고는 엉금엉금 기었다.

"이놈이 설맞았나?"

형이 쫓아가는 시늉을 하자, 놈이 부리나케 일어났다. 나는 또 형의 셔츠를 잡아당겼다.

"야, 우리도 가자. 재수 없다."

형은 색동주머니를 있던 자리에 고이 가져다 놓았다. 그리고 우리가 탔던 그 고물 자전거를 쓰다듬었다. 나는 다시 한 번 형의 등에 코를 묻고 감자누룽지 냄새를 맡고 싶었다.

"형아, 우리 그거 갖고 가자. 우리가 도둑질도 막아 줬잖아. 그런 오래된 자전거, 이런 집에선 없어져도 고만일 걸?"

형이 한숨을 쉬었다. 나도 따라 한숨을 쉬었다.

* * *

내가 한숨을 쉬자 여름이도 한숨을 쉬었다.

“어린애가 무슨 한숨이야?”

“아빠만 걱정 많은 줄 알아? 나도 걱정 많아.”

그러게. 아비가 이 모양인데, 여름이 너라고 걱정이 없을 수 있겠니?

“여름아, 어디를 젤 가고 싶어? 가고 싶은데 데려다줄게. 바다? 까짓것, 가지 뭐. 아빠 다리 튼튼해. 까짓것, 차 안 타도, 페달만 열심히 밟아도 갈 수 있어. 어디든지 말만 해.”

“집에 가고 싶어.”

“집?”

여인숙?

여름이가 고개를 끄덕인다.

* * *

“호야. 어디 갈래? 형아가 데려다줄게.”

자전거 속도가 빨라졌다. 나는 좀 무서웠다. 형이 어딘가 멀리, 멀리멀리 가고 싶어 한다는 걸 느꼈기 때문이다. 나로 말하자면, 그런 큰 변화는 질색이었다. 내가 아는 모든 큰 변화는 죽음이나 이별과

연결되어 있었다.

"형아, 나 졸려. 도계 아줌마네 가자. 깨끗한 이불 덮고 자고 싶어."

"지난번에 그 아줌마, 빗자루까지 들었는데? 이번엔 그걸로 때릴지도 몰라."

"그럼 울어 버리지. 그 아줌만 내가 울면 맘 약해져. 형아, 가자. 가자아, 으응? 졸려 죽겠어. 바퀴벌레랑 자기 싫단 말이야."

어딘가 먼 데를 향하려던 형은 결국 도계 아줌마네 여인숙 쪽으로 핸들을 꺾었다.

우리가 쭈뼛쭈뼛 들어서자, 현관을 청소하던 염소수염 할아버지가 안에 대고 소리쳤다.

"애, 아가. 왔다, 왔어. 걔들, 왔어."

사무실 창문에 아줌마의 웃는 얼굴이 걸렸다.

"얘들아, 어서 와라. 아이고, 내가 너희들 쫓아내고 얼마나 맘이 덜 좋던지……."

저 아줌마가 뭘 잘못 먹었나?

우리 형제는 얼떨떨한 표정으로 아줌마의 환대를 받았다. 사무실 왼쪽으로 난 문을 열고 들어갔다.

"저기, 배고프면 밥 차려 먹어라. 소반에 김치찌개랑 있어. 밥통에서 밥만 푸면 돼."

형이 큰 양푼에다 더운밥을 수북이 펐다. 냄비 뚜껑을 열자, 시큼

한 김치 냄새가 코를 찔렀다. 허연 돼지기름이 봄눈처럼 군데군데 박혀 있는 찌개였다. 뱃속이 찌르르, 신호를 보냈다. 목구멍도, 혀도 신호를 보냈다. 우리는 말 한 마디 하지 않고 밥 위에 김치찌개를 비볐다. 숟가락으로 밥을 퍼서 입으로 나르기 바빠, 우리는 아줌마가 울고 있는지도 몰랐다. 웬만큼 먹고 나서, 뱃속이고 목구멍이고 혓바닥이고 아무런 신호도 보내지 않을 때에야, 우리는 아줌마가 쉴 새 없이 소맷부리로 눈물을 닦고 있다는 사실을 알아챘다. 아줌마의 두 눈은 14인치 텔레비전의 브라운관에 고정되어 있었다. 불쌍한 아이들의 사연을 소개하고 전국의 시청자들한테서 후원금을 받는 프로그램이었다.

그러니까 아줌마의 변화를 만들어 낸 것은 텔레비전이었다. 나는 텔레비전을 응원했다. 아줌마를 더 슬프게 해라. 아줌마가 더 많이 변하게 해라. 더 많이많이 변해서 아줌마가 우리를 입양해서 키워 주게 해라.

아줌마가 나를 품에 안고 자장가를 불러 주는 상상을 했다. 형의 등에 기대어 자울자울 졸면서.

톡, 톡. 누군가 사무실 창을 두드렸다. 아줌마가 무릎걸음으로 창 가까이 갔다.

“아이고, 장형사님 아니세요? 이 시간에 웬 일이세요?”

“밖에 있는 자전거 말이래요. 일주일 전에 고장이 나서 자전거포에 맡겨 둔 내 자전거인데, 그게 왜 저기 있죠?"

* * *

여인숙에서 전화를 건다.

"장형사님. 저, 태호래요."

"야. 안 그래도 박가한테 얘기 들었어. 내가 네 심정도 알지마는 귀찮은 일 만들지 말고 그냥 얌전히 제자리 갖다 놔라."

"장형사님."

"야. 내가 너 땜에 겨우 세 가닥 남은 머리카락까지 빠져야 쓰겠냐? 박가 놈도 요새 장사가 안 돼갖고 죽을라 그러더라. 알잖아? 경기가 좋아서 야근들을 해야 야식도 팔리지. 걔도 월세 못 내갖고 앉아서 보증금만 까먹고 있는 중이래요오."

"장형사님, 저란 놈은 말입니다. 어째 이렇게 되는 일이 하나도 없습니까? 인간 오태호, 부모 복도 없고 처 복도 없고 돈 복도 없는 놈이 말입니다. 인간 오태호, 방도 없고 돈도 없이 자식새끼 데리고 어찌 산답니까?"

"야. 산 사람 입에 거미줄 치디? 다 살아지게 돼 있어. 내가 이따가, 아는 사회복지사 동생 데리고 갈 테니까. 딴 생각 말고 잠이나 한숨 자. 너 인마, 그냥 산다고 했잖아. 사는 게 네 목표고 꿈이라고 했잖아."

그해 여름에 자전거포를 차릴 꿈을 가졌던 형은, 이듬해 겨울에 죽었다. 꽁꽁 언 겨울에 남의 집 담을 넘다가 미끄러지면서 머리를 심하게 다쳤는데, 그예 일어나지 못했다. 아빠가 돌아가셨을 때보다, 엄마가 완전히 내뺐을 때보다, 나는 더 큰 충격을 받았다. 몇 달을 꼬박이 앓아누웠다. 훔친 자전거 때문에 인연이 닿은, 그때는 머리숱이 제법 많았던 장형사가 여러 모로 나를 도와주었다.

그래. 인간 오태호, 그때나 지금이나 생존이 목표다. 생존. 꾸역꾸역 살다 보면 여름이가 나를 자전거에 태우고 달리는 날도 오겠지. 나는 '나중에 커서' 여름이가 모는 자전거를 탈 것이다. 그게 내 꿈이다. 그냥 살자. 사는 게 목표다. 다른 거 없다.

자는 줄 알았던 여름이가 묻는다.

"아빠, 여름이 좋아, 겨울이 좋아?"

"당연히 여름이 좋지. 우리 여름이가 세상에서 젤루 좋아, 아빠는."

"헤에."

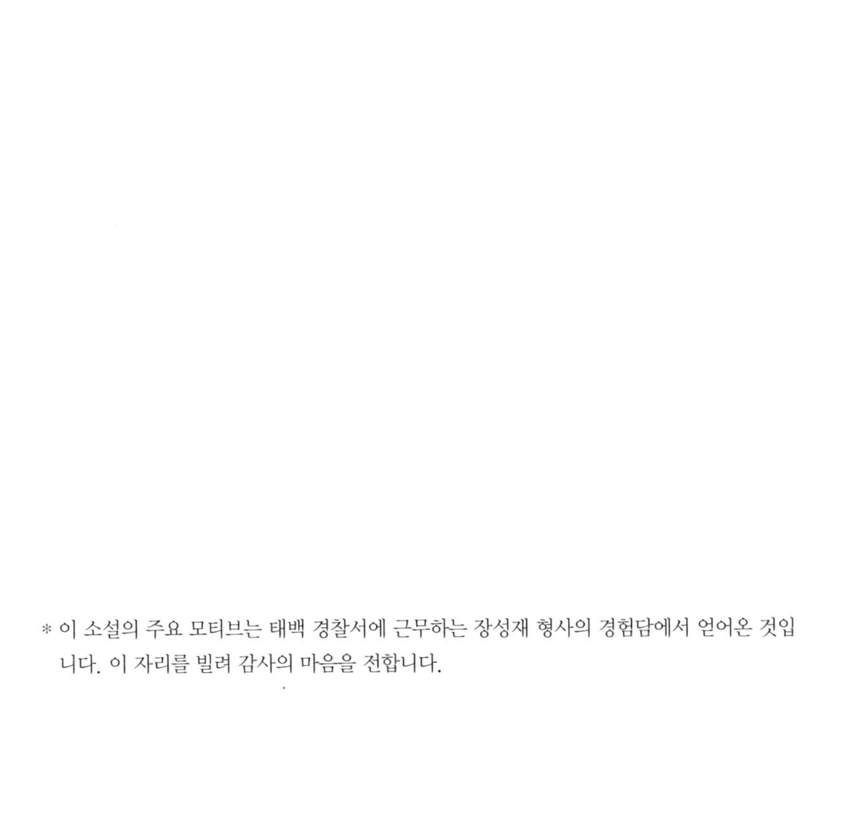

* 이 소설의 주요 모티브는 태백 경찰서에 근무하는 장성재 형사의 경험담에서 얻어온 것입니다. 이 자리를 빌려 감사의 마음을 전합니다.

그는 사지를 쓰지 못하는 대신 이목구비의 감각이 예민했다.
특히나 귀가 어찌나 밝은지 아까 낮에 겉잠을 잘 때는 숙자의 넋두리를 다 들었고,
그끄제 주혜가 효완과 전화로 주고받는 말도 놓치지 않았다.
그는 후각도 날카로워 일찌감치 주혜에게서 효완의 냄새를 맡고 있었다.

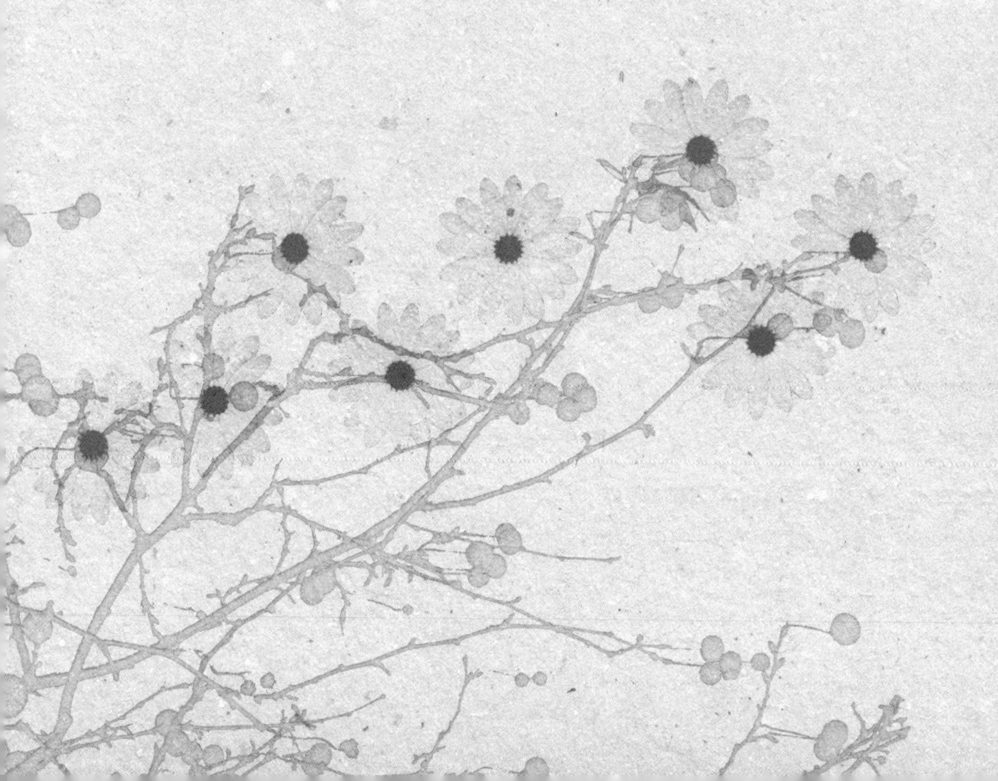

모든 목숨에는 영靈이 있다. 나팔꽃도 목숨이니 나한테도 당연히 영이 있다. 더구나 나는 보통 나팔꽃이 아니라 수도승이었던 전생의 영성을 얼만큼 물려받은 나팔꽃이다. 나는 마음만 먹으면 다른 목숨에게 어떤 기운을 뻗칠 수 있고 메시지를 보낼 수 있다. 물론 작은 화분에 심겨 나무젓가락에 몸을 의지하고 있는 내 처지에 무슨 별다른 메시지를 보낼 일이 있으려나. 그저 효완을 향해 '목마르니 물 좀 주오.' '햇살 좋은 데로 나 좀 옮겨 주오.' 정도의 메시지만 보낼 뿐이다.

효완은 서른여덟, 내 전생 같았으면 손자를 보고도 남을 나이지만, 21세기도 십 년을 훌쩍 넘긴 이생에서는 이제 갓 노총각 대열에 진입한 사내다. 숙부의 회사에서 오륙 년 빡빡 기며 배운 기술과 안목을 밑천으로 실내 인테리어 전문 가게를 창업한 지 3년 됐다. 몸집이 단단하고 인상이 좋은 데다 말도 언죽번죽 잘한다. 연애라면 초등학교 때부터 끊이지 않고 해 왔지만, 상대가 누구든 이삼 년을 넘기지 못했다.

내가 굵은 초록 털실 같은 넝쿨손을 내밀며 '어서어서 지지대를 세워 주오.' 메시지를 보냈을 때, 효완은 어머니한테서 휴대전화로 결혼 압박을 받고 있었다.

"한 가정의 지지대요? 저, 그런 거 못하는 줄 아시잖아요, 어머니. 이 나이에 남자 구실, 가장 노릇 못하는 저 같은 아들 두셔서 부끄러운 건, 죄송하지만 어머니 사정이지 제 사정이 아니에요. 저는 부끄러울 거 하나 없습니다. 홀몸이 얼마나 자유롭고 좋은데요. 아이고, 어머니. 제 인생 제가 산다니까요. 도대체 언제까지 이 말씀을 드려야 합니까? 지겹지도 않으세요? 끊습니다, 끊어요."

두 볼이 불룩해지도록 숨을 들이쉬었다가 내쉰 효완이 이윽고 나를 돌아보았다.

"넝쿨손이 나왔군."

효완이 옷걸이 철사를 펴서 화분에 박고 내 넝쿨손을 걸쳐 주었다. 나는, 효완이 커피와 샌드위치로 늦은 점심을 때우는 동안, 넝쿨손을 뻗어 지지대를 돌돌 말았다.

칫솔질을 하고 돌아온 효완이 내 모습을 보고는 혀를 끌끌 찼다.

"내가 이래서 결혼을 안 하는 거야. 넝쿨손에 포박당해 죽을 거 같거든. 여자들은 어떻게 하나같이 좀 사귀었다 싶으면 남자를 묶어두지 못해 안달인지. 거기다 아이까지 낳으면? 어유, 생각을 말자."

바로 그때 가게 문을 열고 들어온 손님이 주혜와 신혜였다. 둘은 똑같은 디자인에 색깔만 다른 레이스 카디건을 세트로 맞춰 입고 있었다. 착해 보이는 반달눈, 오뚝한 콧날, 살짝 튀어나온 입이 흡사했다. 딱 봐도 핏줄로 연결된 사이였다. 첫눈에는 모녀 사이인가 했다. 굵은 컬의 파마머리를 귀밑에서 커트한 신혜와 허리까지 닿는 생머리를 느슨하니 묶은 주혜는 헤어스타일부터 상당한 세대 차이를 보였다. 또 신혜가 전체적으로 둥글넓적한 얼굴에 육덕이 푸짐한 반면, 주혜는 얼굴선이 갸름하게 빠지고 몸매 또한 불면 날아갈 듯 가늘었다. 신혜는 형편이 넉넉한 중년의 사모님, 주혜는 공부에 지친 대학원생쯤으로 보였다.

효완이 얼른 의자 두 개를 내밀었다.

"어서 오십시오. 덥죠? 6월부터 푹푹 찌니 원, 올 여름도 대단할 거 같아요. 이쪽으로 앉으세요. 맞바람이 통해서 꽤 시원하답니다."

어조와 태도가, 좀 전에 제 어머니와 통화할 때와는 딴판으로 싹싹했다.

"고마워요, 아저씬지 총각인지."

"총각이긴 하지만 좀 늙은 총각입니다, 하하. 성 붙여서 편하게 조사장이라고 불러 주세요."

"그래요, 조사장님. 뭣 좀 물어봐도 될까요? 안 바쁘신가 모르겠네."

신혜가 의자에 앉아 주위를 두리번거렸다. 효완이 손사래를 쳤다.

“바쁘긴요. 뭐든지 물어보십시오. 장사하는 사람이 손님 접대하는 것 말고 바쁜 일이 또 뭐가 있겠습니까?”

신혜가 웃으며 등받이에 편안히 몸을 기댔다.

“우린 돈 되는 손님이 아니니까 그렇죠. 주혜야, 너도 앉아라.”

신혜가 주혜의 손을 잡아 의자 쪽으로 끌어당겼다.

“하긴. 돈 될지도 모르네, 그치? 네가 이 앞자리에 가게 차리면 인테리어를 여기다 맡기지 어디에다 맡기겠어?”

주혜가 말없이 고개만 끄덕거렸다. 효완이 주혜를 곁눈질했다.

“그럼요, 그럼요. 이 앞에 가게를 차리지 않으셔도요, 살다 보면 욕실 타일 깨지죠, 벽지 오염되죠, 거실 바닥 갈라지죠, 인테리어 가게 올 일이 왜 없겠습니까? 뭐든지 물어보세요. 모르는 건 몰라도 제가 아는 건 죄다 말씀드리죠.”

신혜가 눈웃음을 흘렸다.

“호호, 붙임성도 좋으시네요.”

효완이 뒷머리를 긁적거렸다. 신혜가 효완 쪽으로 다가앉으며 말했다.

“조사장님, 솔직하게 대답해 주세요. 이 상가, 제법 굴러가나요, 어떤가요? 부동산 사람들 말만 듣고 덜컥 계약할 수도 없고 해서 현장 조사차 나온 거예요.”

신혜가 턱짓으로 주혜를 가리켰다.

"이 애가 장사는 처음이거든요. 암만 처음이라도 조사장님같이 붙임성이 찰떡이면 걱정도 안 하지요, 내가. 어떻게 된 게 남 안 하는 고생 저 혼자 다한 애가 입때껏 이팔청춘 문학소녀같이 세상 물정을 모르니 원. 이봐요, 조사장님. 이 애가 겉보기는 멀쩡해도 속은 썩어 문드러진 애랍니다."

주혜가 눈을 흘겼지만, 신혜는 한 손으로 주혜의 어깨를 감싸 안고 한 손으로 자기 목 한가운데를 가리켰다.

"애네 신랑이 칠 년 전에 척추를 다쳐 갖고 요 아래로는 옴쭉 달싹 못해요."

주혜가 신혜의 팔뚝을 꼬집으며 귓속말을 했다.

"언니, 그런 얘기까지 뭣 하러 해?"

나는 그때서야 두 사람이 자매 사이인 것을 알았다. 효완도 새삼스러운 눈길로 두 여자를 번갈아 바라보았다.

"놔라, 얘. 내가 사람 볼 줄은 안다. 이 아저씨 눈, 봐 봐. 믿을 만한 사람이야."

두 여자의 시선을 받은 효완이 눈을 끔벅거리며 자세를 바로잡았다.

"믿을 만한 사람한테는 내가 먼저 솔직한 얘기를 털어놔야 솔직한 얘기를 들을 수 있는 거야. 돈 남아돌아서 취미 삼아 장사하는 것도 아니고, 손가락 하나 못 움직이는 환자에 학비 들어갈 일 태산 같은 중학생에 마흔 고개를 코앞에 두고도 숙맥 같은 너, 세 목숨이 달린 장사야. 신중에 신중을 기해야지."

신혜가 동의를 구하는 눈길로 효완을 쳐다보았다. 효완이 마른세수를 하고는 얕게 한숨을 쉬었다.

"그러시군요. 글쎄…… 요즘 자영업 치고 어렵지 않은 데가 드물지요. 적자나 안 내고 밥술만 뜨고 살아도 감지덕지하는 형편들이니까요. 여기 이 상가가 끼고 있는 세대수가 대략 천이백 되니까 업종 잘 택하고 경쟁자만 없으면 그럭저럭 현상 유지는 하는 폭입니다만, 그게 또 말처럼 쉬운 것도 아니고요. 뭐, 저는 빚이 없고 홀몸이라, 보시다시피 설렁설렁 장사해도 먹고사는 데는 지장이 없으니 속 편하지요. 그런데 업종이?"

신혜가 주혜의 어깨를 툭 쳤다.

"네가 얘기해라. 네 장산데."

주혜가 쭈뼛거리다 말했다.

"인테리어 가게는 아니에요……."

효완이 웃으며 말을 받았다.

"다행이네요. 현상유지도 못하는 업종이 있습디다. 이 상가가 생긴 지 삼 년 됐는데요, 옷 가게, 건어물 가게, 선식 가게, 보석 가게, 컴퓨터 학원, 서점, 문구점, 이불 가게, 아이스크림 전문점, 장난감 가게, 선물 가게, 국숫집이 생겼다 없어졌죠. 하루 종일 손님 대여섯을 못 받더라고요. 옷이나 이불 같은 거야 다들 백화점 가고 할인점 가지 이런 상가점포를 찾지 않아요. 책이나 장난감도 요즘은 인터넷으로 사는 추세라 아파트 상가에선 잘 안 되고요. 살아남은 집은 우리 인테리어 가게, 세탁소, 부동산 중개소, 미용실, 반찬 가게, 빵집, 소아과, 동물 병원, 약국, 중국집, 피아노 학원, 피부 관리실, 또 뭐가 있더라? 아, 세탁소하고 미용실도 처음에는 두 집, 세 집씩 들어섰다가 하나씩만 남고 다 망했습니다."

주혜가 영 자신 없는 어조로 말했다.

"손뜨개 전문점을 했음 하는데……."

신혜가 끼어들었다.

"조사장님만 믿을게요. 손뜨개가 영 아니다 싶음 뭐 될 만한 걸로 하나 추천해 주시구려."

효완의 눈이 휘둥그레졌다.

"손뜨개 전문점이 뭐 하는 뎁니까?"

주혜가 답답했는지 신혜가 나섰다.

"뜨개질 재료 팔아요. 털실이나 십자수, 레이스 같은 거. 퀼트 재료도 팔고요. 모르셔서 그렇지, 우리 주혜, 손재주가 너무 좋아요. 에구, 재주만 좋은가? 공부 잘해, 인물 좋아, 마음씨 착해, 뭐 하나 빠지는 게 없는 아인데, 서방 복 하나가 없어서 사는 게 고달프구려. 내가 애를 볼 때마다 마음이 짠해 못살아. 실은 내가 손뜨개를 권했어요. 내가 광장시장에서 혼수 이불이랑 한복을 팔거든. 얘네 가게에서 팔다 남는 자잘한 물건들은 우리 집에서 혼수품으로 끼워 팔아도 되고, 퀼트 이불 같은 건 좀 특별하고 고급스러운 물건 찾는 손님들한테 비싼 값으로 팔아 줄 수도 있어서 그래요. 무료 강좌 열어서 단골손님 확보하면, 그 손님들한테 꾸준히 재료를 팔 수 있기도 하고."

효완이 고개를 끄덕였다.

"글쎄, 이 아파트 아줌마들 형편이 중간 이상은 되니까 그런 거에 관심이 있을 것도 같네요. 그런데 가게를 사실 겁니까, 임대하실 겁니까? 임대료, 그게 또 만만히 볼 문제가 아니거든요."

신혜가 앉음새를 고치는 사품에 의자가 삐걱거렸다.

"사도 될 만하다 싶으면, 살 거예요. 부동산에 물어봤더니 요즘 경기가 바닥이라 분양가에서 이십 프로는 빠졌다데? 만약에 가게를 사면, 조사장님, 이거 중요한 문제니까 남의 일같이 말하지 말고 솔직하게 대답해 줘요, 조사장님 일이라고 생각하고요. 만약에 사면, 그래, 세 식구 먹고살 만한 수입은 나올까요? 환자 돌보고 아이 학비 대면서?"

효완이 손톱으로 제 장딴지를 톡톡 두들겼다.

"장사란 게 워낙 운도 따라야 되는 거라……. 하지만……."

신혜의 물음에 답하면서도 효완은 주혜에게서 눈을 떼지 못했다.

"잘 될 거예요. 저도 힘껏 도와드릴게요. 일단 임대료 부담이 없고, 경쟁자도 없으니까. 인테리어는 제가 완전 실비로 해드리죠."

효완이 인테리어를 맡았던 손뜨개 전문점 '실과 바늘 사이'가 오늘 아침 10시에 문을 열었다. 효완도 최선을 다했지만 주혜가 하늘거리는 레이스 커튼을 달고 가지가지 뜨개질 소품으로 빈틈없이 장식한 덕분에 선물 가게가 폐업한 후 줄곧 비어 있던 을씨년스러운 귀퉁배기 공간은, 여자라면 누구라도 한 번쯤 구경하고 싶은 공간으로 다시 태어났다.

가게 유리문 앞에선 신혜가 보낸, 붉은 꽃대를 여러 개 올린 양란이 화려한 자태를 뽐냈다. 유리문 뒤로는, 흰 레이스 테이블보 위에 알록달록한 털실을 놓고 대바늘을 부지런히 움직이는 주혜의 모습이 화집에서 오려 낸 그림처럼 비현실적으로 어른거렸다.

효완이, 주황색 겹꽃이 빽빽이 핀 제라늄 화분과 나를 번갈아 쏘아봤다. 나는 갓난아기 주먹만 한 꽃 한 송이를 겨우 피웠는데, 그마저 반쯤은 꽃잎을 오므린 참이었다.

메시지를 보냈다.

'날 데려가오. 윤주혜 같은 여자는 나처럼 소박한 야생화를 좋아한다오. 그녀와 나, 이미지가 비슷하잖소?'

효완이 양손으로 화분을 들고서 팔꿈치로 '실과 바늘 사이'의 유리문을 밀었다. 주혜가 대바늘을 내려놓고 일어섰다.

"들어가도 되나요?"

주혜가 반달눈 꼬리를 올리며 웃었다.

"벌써, 들어오신 거 아니에요?"

효완이 쑥스러워하며 나를 내밀었다.

"나팔꽃이에요. 주혜 씨라면 왠지 이 꽃을 좋아할 것 같아서……."

주혜가 나를 받아 창문턱에 올려놓았다.

이런, 윤주혜란 여자가 마음에 들어서 옮겨 왔더니 큰일 났다. 효완네 가게와 달리 이곳 창턱은 앞 건물에 가려서 해가 거의 들지 않았다.

낭패일세. 과연 내가 여기서 넝쿨을 올리고 살아 낼 수 있을까?

"고마워요. 예쁘네요."

효완이 주혜의 맞은편 의자에 앉으며 진열대를 둘러보았다.

"이 더운 여름에 털실 장사가 됩니까? 오늘은 아침부터 푹푹 찌는걸요."

주혜가 잔 두 개를 내놓고 커피주전자에서 커피를 따랐다.

"얼음 넣어 드려요?"

효완이 고개를 끄덕거렸다. 주혜가 냉동고에서 얼음 그릇을 꺼내 왔다.

"털실은 찬바람 불어야 팔릴 것 같고, 요즘 잘 나가는 건 레이스 실이에요. 좀 민망한 민소매를 입더라도 그 위에 레이스 볼레로만 하나 걸치면, 여성스럽고 우아해 보이거든요."

효완이 주혜의 옷차림을 눈여겨 살폈다. 주혜는 꽃무늬 끈 원피스 위에 복숭앗빛 레이스 볼레로를 걸쳤다. 꽃잎을 살짝 오므린 코르사주가 독특했다.

"퀼트 천은 사계절 꾸준히 나가는 편이고……. 하지만 제가 좋아하는 건 털실이에요. 저는 따뜻한 것이 좋거든요. 이렇게 더운 여름에도."

주혜가 효완의 커피 잔에만 얼음을 넣었다. 효완이 커피를 한 모금 마시고 나를 가리켰다.

"파란 꽃은 추워 보일 텐데……. 붉은 꽃으로 바꿔 올까요?"

주혜가 뜨거운 커피를 후, 불고는 나를 돌아보았다.

"아니에요. 저는 파란 나팔꽃, 좋아해요. 분홍이나 빨강보다. 파릇한 입술을 하르르 떨며 지지대를 끌어안은 모습이 뭐랄까, 애틋하잖아요?"

손바닥으로 커피 잔을 감싸며 어깨를 옹송그리는 주혜의 모습이, 정말 나와 닮았다.

"입술이라니요?"

"찬물에서 오래 헤엄치고 나오면 입술 색이 보랏빛 머금은 파랑

이잖아요. 꼭 그 입술 빛깔 같은 꽃이에요. 보세요, 앙다문 입술 같죠?"

"아까는 그래도 반만 다물었더니 그새를 못 참고……."

"본래 아침에만 잠깐 얼굴 보여 주는 꽃이에요. 그래서 일본 사람들은 나팔꽃을 아사가오라고 해요. 아침의 얼굴이란 뜻이죠. 영어로는 모닝 글로리, 아침의 영광이고요. 딱 하루, 그것도 아침나절에만 피었다 져 버리는 꽃인데, 넝쿨 따라 봉오리가 많이 생겨서 여름내 피고 지고 피고 지고 하죠. 어릴 적 학교 담벼락에 나팔꽃 넝쿨이 무성했어요. 시멘트 담벼락을 꽉 붙안고는 오르고 또 오르고 좇고 또 좇고……. 깨달음을 갈구하는 수도승 같다, 생각했어요."

효완이 감탄했다.

"우아, 시인 같으세요."

그때 여자 둘이 가게로 들어섰다. 효완이 얼른 일어서며 주혜에게 속삭였다.

"마수걸이해야죠. 커피 준비하세요."

주혜도 효완을 따라 일어서긴 했지만, 당황한 기색이었다. 효완이 한 걸음 앞으로 나섰다.

"더우시죠? 냉커피 어떠세요?"

둘 중 살집이 풍성한 여자가 대답했다.

"좋아요. 찐하고 달달하면 더 좋고요."

키 큰 여자가 덧붙였다.

"저는 연한 걸로 부탁 드려요. 시럽 넣지 마시고요."

주혜가 커피를 준비하는 사이, 효완이 두 여자에게 뜨개질 무료강습 리플렛을 돌렸다.

주혜는 디지털카메라로 뜨개질 소품들을 찍다 말고 효완의 빈 가게를 멍하니 바라보았다. 효완은 두 시간 거리의 신도시 아파트에서 공사가 있다고 했다. 효완이 아직도 곁에 있는 듯, 주혜의 귀는 그의 목소리로 쟁쟁거렸다.

가게가 여기 있으니까 이 주변 공사만 할 거 같죠? 안 그래요. 인터넷 시대잖아요. 카페나 블로그를 잘 운영하면 수도권이 내 손바닥이에요. 어떨 때는 저 남쪽, 창원이나 목포에서도 견적 요청이 온다니까요. 뭐, 그 먼 데까지 뛸 만큼 아쉽지는 않으니까, 그런 건은 제 쪽에서 정중히 거절하죠. 주혜 씨도 빨리 카페 개설하고 여기 물건들 사진 찍어 올리세요. 제 카페에 주혜 씨 카페 링크 걸어서 팍팍 밀어드릴게요. 일단 강습회원 모집은 제 카페 공지사항으로 올립시다.

주혜는 카메라 전원을 끄고 뜨거운 커피를 한 잔 더 마셨다.

간간이 찾아드는 손님들을 맞이하고 효완의 인터넷 카페에 뜨개질 강습 공지를 하고 언니와 아들에게서 오는 전화를 받으면서도 주혜는 내내 효완을 생각했다. 주혜가 머리를 흔들었다.

"고마워서 그래. 너무 고마우니까 자꾸만 생각나는 거야."

주혜는 결국 뜨개바늘을 잡았다. 뜨개질을 하면 옛 추억이 줄줄이 바늘에 이끌려 나올지언정 효완의 얼굴과 목소리는 떠오르지 않을 것이다. 그러나 오래된 습관도 마음의 강력한 끌림 앞에서는 힘을 잃는지 손놀림에 도통 리듬이 붙지 않았다.

"여름 미루나무처럼 싱싱했더랬어, 내 남편 황대현."

주혜가 내 앞으로 다가왔다. 뜨개질로는 도저히 안 되니까 독백으로라도 추억을 되살리려나 보다.

"신촌 대학가 서점에서 처음 만났지. 나는 아르바이트 학생, 그는 복학생 손님. 나는 아버지가 공무원이시고 어머니가 광장시장에서 가게를 크게 하셔서 아르바이트로 돈을 벌 이유가 없었지만, 그때는 너무 안온한 내 삶이 지루했더랬어. 세상과 부딪쳐 실컷 깨지고 싶다는 치기도 있었고. 사실이지 아르바이트가 급한 사람은 대현 씨였는데 말이야. 부모도 없고 재산도 없이 결혼한 누님 댁에 얹혀사는 처지였으니까. 객관적으로는 내가 훨씬 유복했지. 하지만 나는 연애 한 번 못해 본 어리보기에다 괜스레 세상을 어둡게 보는 염세주의자였는데, 대현 씨는 지미 핸드릭스 저리 가랄 정도로 기타를 잘 치고 노래도 잘하고 운동신경 좋고 박학다식한 팔방미인 낙천가였어. 거기다 얼굴 잘생겼지, 매너 좋지, 당연히 여자들이 줄줄 따랐지. 그런 사람이 나같이 보잘것없는 아르바이트생한테 관심을 가져 주니 내가 어땠겠어? 돌아가신 엄마 말씀대로, 제 정신이 아니었어. 그 사람한테 미쳐서. 그 사람 주변은 언제나 떠들썩했고 나는 그 사람 옆에 있어도 외로웠지. 너무너무 괴롭고 너무너무 행복했던 나날……. 밤에 눈을 감으면, 제발이지 내일 눈을 뜨지 않기를 기도했어. 오래갈 거 같지 않았거든, 그런 시간이. 그러다 덜컥 아이가 생겼어. 나는 비로소 내일도 무사히 눈을 뜨기를 바랐지. 아이가 그 사람을 내 곁에 묶어 두려니, 안심이 됐던 거야.

2학년 2학기를 채 마치지 못하고 학교에 자퇴원을 냈어. 결혼식도 못 올리고 그 사람 누님네 문간방에다 살림을 차렸지. 우리 지호가 태어나고 대현 씨는 취직 시험에 합격하고……. 세상이 내 것 같았어. 대현 씨도 새사람이 된 것처럼 그 많던 여자친구들 싹 정리하고 내 옆에만 붙어 있더라. 아이 백일에는 친정에 가서 부모님과도 화해했지. 아무리 미워도 자식을 어떻게 끝까지 거부하겠어? 더구나 우리 지호, 그 예쁜 아이를 안고 갔으니. 지호를 보는 순간, 한 방에 무너지시더라.

그런데 첫 출근을 앞둔 주말, 마지막으로 친구들과 한 판 거하게 놀고 오겠다던 남편이 병원 중환자실에 있다고 연락이 온 거야. 술에 떡이 돼서 나무에 올라갔다가 그만 낙상했다더군. 원체 몸이 재바르고 운동신경이 좋아서 나무도 곧잘 타던 사람이었는데, 술이 원수지. 떨어져도 어쩜 그리 고약하게 떨어졌던지……. 타고난 성정이 활달해서 잠시도 가만있지 못하던 황대현 씨가, 내 잘난 남편 황대현 씨가 목 아래로는 털 끝 하나 움직이지 못하는 사람이 돼 버렸어."

주혜가 입술을 잘근잘근 씹으며 내 지지대에 손끝을 대었다.

"어떻게 보면, 소원이 이뤄진 거야. 그 사람을 꽁꽁 묶어서 내 곁에 두고 싶었거든. 지금 우리 가족은 평화로워. 아주 평화로워. 내가 원하는 건 평화야. 그 사람 말 한 마디에 절망했다가 그 사람 말 한 마디에 감격하는 나날, 그건 전쟁이잖아. 난 그런 시간을 오래 견디지 못해. 사랑은 짧아서 아름답고, 삶은 사랑보다 길어."

주혜가 주먹을 꽉 쥐었다 폈다.

"윤주혜, 잊지 마. 잊으면 안 돼. 너는 황대현의 아내, 황지호의 엄마야. 그들이 네 지지대야."

'햇빛 잘 드는 데로 옮겨 주오.' 메시지를 보낸 보람이 있었다. 주혜네 아파트의 동남향 베란다. 이곳은 바람도 잘 통하고 햇빛도 잘 든다. 나한테는 명당 자리다. 나는 이틀 사이, 1미터짜리 지지대를 훌쩍 넘어 버렸다.

붙들 데 없는 넝쿨손이 허공에 떠 있다. 아, 어지럽다. 창밖에서 '축 재개발 추진 주민위원회 창립'이라 쓰인 현수막이 위아래로 펄럭거린다. 방충망만 없다면, 창밖으로 뻗어나가 저 현수막이라도 붙들고픈 심정이다.

주혜도, 방충망만 없다면 곧바로 뛰어내릴 것 같은 표정으로 내 옆에 서 있다. 이마에 여드름 두어 개가 솟은 사내아이가 쟁반을 들고 다가왔다.

"엄마……."

주혜가, 고개를 돌리기조차 힘든 듯, 한없이 느린 동작으로 지호를 돌아보았다.

"여태 안 잤어? 왜?"

지호는 입술만 달싹거렸다.

"엄마 괜찮아. 괜찮으니까 얼른 들어가 자, 응?"

지호가 고개를 끄덕였다. 끄덕이면서도 물러서지 않고 쟁반을 내밀었다.

엄마, 약 안 먹었지? 엄마, 죽지 마. 죽으면 안 돼.

차마 말 못하는 아이의 심정을, 나도 주혜도 헤아렸다. 죽음, 약 따위의 말은 발음하기도 싫어하는 그 마음. 동시에 귀 밝은 아빠가 모자의 실랑이를 듣고 슬퍼할까 걱정하는 마음. 그 마음을 읽은 주혜가 쟁반에서 물 컵을 들어 한 모금 머금은 후, 알약을 입 속으로 털어 넣었다. 꿀꺽, 일부러 소리 나게 약을 삼킨 주혜가 입 꼬리를 치켜올렸다. 반달눈은 움직이지 않았다. 아이도 입 꼬리만 올렸다. 엄마를 닮은 반달눈은 깜박이지도 않았다.

"엄마 괜찮아. 진짜로 괜찮아. 그만 들어가 자."

아이는 꼼짝하지 않았다. 주혜가 스르르 거실로 들어갔다. 엄마가 잠자리에 드는 모습을 확인하고서야 아이도 자러 갈 터였다.

"그래, 알았다. 엄마 먼저 잘게. 아들도 잘 자."

"예. 안녕히 주무세요."

지호가 그제야 반달눈을 깜박이며 인사했다.

딱 봐도 착한 아이. 열다섯 살 치고는 고통과 슬픔으로 단련된 내공이 상당한 아이.

'나, 지금 힘들어. 지지대가 필요해. 지지대로 쓸 만한 게 없으면, 실이든 노끈이든 아무 거라도 좀 연결해 줘.' 메시지를 보냈다.

지호는 단박에 내 말을 알아들었다. 천정에 못이 있는 쪽으로 화분을 다섯 뼘쯤 옮기더니 어딘가에서 초콜릿 빛깔 리본을 찾아왔다. 케이크 상자를 묶었던 리본 같았다. 지지대 끝에다 리본 한 쪽을 묶고는 다른 한 쪽은 고리로 만들었다. 그 고리를 천정 못에다 걸려니 까치발을 해도 키가 닿지 않았다. 지호는 리본을 내려놓고 다용도실 의자를 가져왔다. 그리고 의자에 올라 리본 고리를 못에다 걸었다.

살금살금 의자에서 내려와 내 어지러운 넝쿨손을 리본에 감아 주던 지호가 저도 모르게 싱긋 웃었다. 내가 이 집에 와서 처음 목격한 웃음. 덩달아 나도 기분이 좋아졌다.

지호가 의자를 내 앞으로 당겨 앉았다.

"내 소원이 뭔지 아니?"

아이가 입속말로 물었다.

내가 어찌 알겠니? 네 엄마도 모르는 소원을. 어쩜 너도 어제까진 몰랐던 소원을.

"오늘 친구들이랑 중2병 얘기를 했어. 딴 세상 얘기 같더라. 걔네들은 자기 방문을 꼭 걸어 잠근대. 부모님이 잔소리하면 밥 먹다가도 주먹으로 식탁을 내리친대. 거짓말하고 욕하는 것쯤 아무렇지도 않대. 아빠가 때리려 하면 죽어 버리겠다고 소리 지른대. 그럼 엄마가 울면서 싹싹 빈다더라. 너 하고 싶은 대로 해라, 제발 죽지만 말아 줘, 하면서. 나도 그런 애들처럼 중2병 좀 앓아 봤음……. 그게 내 소원이야."

어제도 오늘도 학교 끝나자마자 집에 돌아와 청소하고 빨래 개고 아빠 저녁 챙기고 말벗해 주고 숙제하면서 엄마를 기다리는 소년. 엄마가 돌아오면 행여나 엄마가 나쁜 마음이라도 먹을까 노심초사 엄마 눈치를 보고 약봉지의 알약 개수를 일일이 체크하는 소년. 변성기가 오고 몽정을 하고 인중에 털이 거뭇하지만, 남들처럼 사춘기를 앓으려야 앓을 여유가 없는 소년.

나는 그저 소년의 혼잣말에 가만히 귀 기울여 주었다. 그리고 내일 아침, 이 소년을 위해 가장 큰 꽃을 피우리라 결심했다.

냄비에서 거품이 잦아들며 간장 국물이 졸아들자, 숙자는 가스레인지의 화력을 최저로 줄였다. 콩자반에서 윤기가 자르르 흘렀다. 곰국 솥에서는 뜨거운 김이 솟았다. 더덕은 칼등으로 두드려 고추장 양념에 재어 놓았고, 멸치는 호두와 아몬드를 섞어 볶아 놓았다.

숙자는 두 주먹을 뒤로 돌려 척척한 등줄기를 대여섯 번 때렸다. 이마에서 흘러내린 팥죽땀이 눈으로도 들어가고 입으로도 들어갔다.

"아이고, 찐다, 쪄. 삼복더위, 삼복더위 해쌓아도 옛날에는 요즘같이 덥지 않았는데, 세상이 어째 해가 갈수록 더워지네, 그치?"

숙자가 선풍기 앞으로 바투 붙어서며 대현에게 말을 걸었다. 대현에게서는 아무 반응이 없었다. 숙자는 브래지어가 보일 때까지 티셔츠를 말아 올렸다.

대현은 휠체어에 앉은 채로 잠들어 있었다. 숙자는 눈썹을 일그러뜨리고 입을 삐죽거렸다.

"걔들은 어떻게 너만 쏙 빼놓고 저희끼리 놀러 갈 수가 있니? 인정머리 없는 것들!"

헐렁한 티셔츠를 도로 거둬 내리고 숙자가 나를 향해 다가왔다.

"어디서 온 나팔꽃인지, 아파트 베란다에서 잘도 자라는구나."

때를 놓칠세라 숙자에게 메시지를 보냈다.

'천장까지 치고 올라오니 더 오를 데가 없구려. 옆으로 뻗으려도 붙들 만한 게 있어야 하니, 뭐라도 좀 연결해 주오.'

숙자가 둘레둘레 살피더니 주혜의 뜨개질 바구니에서 노란 털실을 넉넉하니 잘라 냈다. 그리고 지호가 갖다놓고 치우지 않은 다용도실 의자에 올라 리본 고리에다 털실의 한 쪽 끝을 묶었다. 천장에서 길을 잃은 내 넝쿨손을 털실에 걸치고는 의자에서 내려 털실의 다른 끝을 빨래 건조대 귀퉁이에 매듭지었다.

숙자는 물 한 바가지를 퍼 와서, 내 뿌리와 이파리에 물도 흠뻑 뿌려 주었다.

"아침에 피었다가 이내 지는 꽃이지, 네가. 에그, 우리네 한평생이라고 너하고 다를까. 피었다 싶으면 지는 게 인생인걸."

숙자는 의자에 엉덩이를 걸치고 앉아 손부채를 부쳤다.

"세상에 내가 무슨 염치로다 우리 올케하고 조카한테 인정머리 없다는 말을 하누? 아무리 내 동생이지만 재를 데리고 그 물놀이공원이란 데를 어떻게 가겠어? 사대육신 멀쩡한 나도 무서워서 물미끄럼 한 번을 못 타 보고 꿔다 놓은 보릿자루 마냥 한 구석에 처박혀 있다 오는 데가 그 워터파큰지 뭔지 아니던가. 그리고 말이 나왔으니 말이지 나는 여름마다 우리 식구 데리고 조선팔도 시원하다는 바닷가랑 계곡이랑 다 찾아다니지 않았던가. 그래 놓고 지금껏 휴가 한 번을 못 가다 겨우 물놀이 한 번 나선 올케하고 조카한테 뭐라, 인정머리 없는 것들이라고? 에라, 인정머리 없는 시누, 인정머리 없는 고모 같으니라고. 말 함부로 하다 죄받지. 암 죄받고말고."

숙자가 손바닥으로 제 입을 톡톡 때렸다.

숙자가 텔레비전을 켜놓은 채 소파에 모로 누워 잠들었다. 자지러지던 쓰르라미 소리도 한결 누었다. 대현은 전자책 리더의 페이지를 넘기려다 입에 물었던 터치펜을 놓쳤다. 고개를 한껏 숙여 터치펜 쪽으로 입을 갖다 대다 말고 그가 나에게로 눈을 돌렸다.

귀밑머리가 희끗하고 미간에 주름이 깊게 패었어도 여전히 매력적인 미남자의 서늘한 눈빛이라니. 내가 여자라면 심장이 툭 떨어졌을 거다. 털실을 붙안은 내가, 바람에 나부끼듯, 몸을 떨었다. 그가 입속말을 했다.

"우리 집에 온 지 꽤 됐는데, 한 번도 꽃 핀 모습을 못 봤구나. 아침에 피었다가 금세 진다며? 방금 읽은 책에 이런 구절이 있구나. 인생이란 풀잎에 맺힌 아침이슬처럼 덧없는 것이거늘 어찌하여 자신을 그토록 괴롭히는가? 한 무제 때 이릉李陵이라는 사람이 한 말이란다. 내일은 꼭 일찍 일어나서 네 꽃을 보아 주마."

그는 오늘따라 낯빛이 밝고 눈 정기가 좋았다. 아내와 아들이 즐거운 시간을 보내고 있으려니 생각만 해도 제 마음까지 즐거워진 거였다.

그는 사지를 쓰지 못하는 대신 이목구비의 감각이 예민했다. 특히나 귀가 어찌나 밝은지 아까 낮에 겉잠을 잘 때는 숙자의 넋두리를 다 들었고, 그끄제 주혜가 효완과 전화로 주고받는 말도 놓치지 않았다. 그는 후각도 날카로워 일찌감치 주혜에게서 효완의 냄새를 맡고 있었다. 효완의 냄새 따위, 그에게는 아무것도 아니었다. 그가 사랑하는 사람은 효완이 아니라 주혜였으므로, 그에게는 주혜의 냄새가 중요했다. 주혜에게서 우울의 냄새가 옅어지고 생기의 냄새가 시나브로 짙어진다는 것, 그에게는 그 사실이 무엇보다 의미 있었다.

우울이 전염되듯 생기도 전염된다. 대현은 주혜의 생기를 받아 제 몸도 훨씬 가벼워진 듯했다. 며칠 전부터 왼쪽 새끼발가락이 살짝살짝 움직이는 것도 같았다.

효완은 강원도에 있는 엄청나게 큰 워터파크로 아들아이를 데리고 놀러가자고 주혜를 꼬드기고 있었다. 주혜는 한사코 거절했지만, 통화 내용을 들은 대현이 주혜더러 무조건 놀러 가라 종용했다.

꽉 막힌 사람 같으니. 놀러 가. 그냥 아무 생각하지 말고 놀러 가라고.

지호랑 나, 둘만 가는 거 아니야.

알아. 뭐 어때? 셋이면 더 재미있지. 당신은 재미를 좀 봐야 해.

재미? 말이 쉽지.

행동은 더 쉬워.

…….

당신 생각 맞춰 볼까? 내가 너무 쉽게 행동해서 이 모양이 됐다고 생각하지?

…….

여보, 그건 그냥 운이었어. 물론 불운이지, 내 입장에서는.

나하고 지호한테도 엄청난 불운이었어.

응, 맞아. 그런데 여보, 당신한테 다가온 그 감정도 운이야. 물론 행운!

연애감정이 삼 년을 못 넘기는 사람이라는데, 행운은 무슨 행운?

이 사람아, 장사를 시작했으면 장삿속이 있어야지. 삼 년 동안 연애할 수 있으면 남는 장사 아냐?

정말 그게 남는 장사일까? 황대현 씨, 정말 그렇게 생각해?

당연하지. 복잡할 거 하나 없어.

그동안 당신이 받을 상처는 어떡하고?

나한테도 남는 장사야. 나는 윤주혜한테 묶인 사람이잖아. 윤주혜가 행복하면 나도 행복해.

삼 년 뒤에 내가 감당해야 할 상처는?

내가 있잖아. 나한테 안겨서 펑펑 울고 내 눈 쳐다보고 씩 웃으면, 그 상처, 다 낫는다.

꽃노을이 아름답던 그끄저께 저녁, 두 사람의 대화를 엿들으며 나는 파릇한 입술을 하르르 하르르 떨었었다.

"복잡할 거 하나 없어. 사랑하기에도 짧은 인생인걸."

대현이 고개를 숙이고 터치펜을 물었다. 전자책의 페이지를 넘기는 그의 눈가에, 진주알처럼 둥근 이슬이 반짝거렸다. 그 이슬이 사라지기 전에, 그에게 메시지를 보냈다.

'내일 아침 일찍 일어나 꽃 보겠단 약속, 잊지 마오. 그 꽃은 황대현, 당신을 위한 꽃이니까.'

살고 보자

테트리스. 내가 즐긴 적이 있는 유일한 게임이다. 딱 한 판만 하고 논문 써야지, 딱 한 판만 하고 청소해야지, 마음이야 늘 그렇게 먹고 시작하지만, 두세 판도 아니고 열 판도 아니고 오른팔 어깻죽지부터 검지손톱까지 뻐근하니 아플 때까지 몇 시간이고 테트리스 블록을 맞추던 한 시절이 내게도 있었다.

그 경험 덕분에 가끔 테트리스와 인생을 비교해 버릇한다. 이를테면 우리네 인생도 이래저래 블록을 맞춰 나가는 세월인 것이다. 내신, 수능, 면접 등 블록을 맞춰 대학을 가고 외모, 경제력, 성격, 궁합 같은 블록을 맞춰 결혼하고 청약저축, 대출, 교통편, 학군 등 블록을 맞춰 집을 장만하지 않는가. 성공할 때마다 인생의 레벨은 높아진다. 레벨이 높아질수록 블록은 더 많이, 더 빠른 속도로 내려온다. 책임은 더 무거워지고 과제는 더 많아지며 욕심은 더 커진다. 'Level Completed!'를 받았을 때 느끼는 행복감은 찰나에 불과하고 고통은 오래 간다. 그러므로 레벨과 행복지수는 결코 정비례하지 않는다.

다르게 생긴 블록들을 두루두루 평등하게 관리해야 한다는 점도 인생과 비슷했다. 완벽한 평등이야 물론 불가능하지만 적어도 횡적인 평등을 추구하기는 해야 게임을 지속할 수 있으니까. 우리 인생에서도 꿈, 생계, 건강, 사랑, 가족 등의 블록을 너무 한쪽에 편중되지 않도록 잘 관리해야 오래 살 수 있지 않은가.

그러나 게임은 게임일 뿐 인생이 아니다. 테트리스가 내 인생을 갉아먹는다는 자각이 왔을 때, 나는 컴퓨터에서 테트리스 프로그램 자체를 삭제해 버렸다. 직장이든 학교든 공부든 연애든 가족이든 마찬가지다. 그것이 무엇이든 그것 자체가 오롯이 인생을 대신하지는 못한다. 그러므로 직장이 내 삶을 파괴하면 직장을 그만둘 일이다. 안 풀리는 연애 때문에 못살겠으면 딱 끝내 버리자. 어떤 아이의 유서처럼 "머리가 심장을 갉아먹는데 더 이상 못 버티겠으면", 까짓 공부를 때려치워 버리자. 제발이지 모두들, 일단, **살고 보자**.

이런 관점으로 생각해보면, 이 단편집에 나오는 등장인물들 중 제일 불쌍한 사람은 〈젖과 독〉의 세자다. 그는 조선시대에 왕의 장자로 태어난 탓에 기질에 안 맞아 죽을 지경인 세자 노릇을 관둘 방법이 없었다. 그 시대에 종으로 태어난 사람이 종 노릇을 제 의지로

관두지 못하는 것처럼. 무어니 무어니 해도 역사는 인간의 자유를 넓히는 방향으로 진보해 온 모양이다. 〈첫날밤 이야기〉의 작은아기는, 그 어두운 일제강점기에 경상도 양반집 며느리 노릇을 아예 때려치우지는 못했을지언정 어떻게든 제 살 길을 뚫었다. 〈살 자격〉이나 〈정오의 희망곡〉, 〈아주 오래된 하루〉, 〈파란 나팔꽃〉의 인물들은 모두 동시대인이고, 살고 싶은 마음을 박탈하는 어떤 '것'에 적극적으로든 소극적으로든 저항하는 보통사람들이다. 상황이나 조건이 어떻든지 간에 부단히 삶을 밀고 나아간다는 것, 사람으로 태어난 값을 하려는 그 몸과 마음의 수고가 얼마나 아름답고 위대한지 말하고 싶었다.

부디 이 책에 실린 이야기들이 독자 여러분의 삶에 아침이슬 같은 생기 한 방울, 더할 수 있기를…….

베란다 화분에 나팔꽃 씨앗을 심은 봄날에
박정애